JN126812

ラブレター

幡野広志

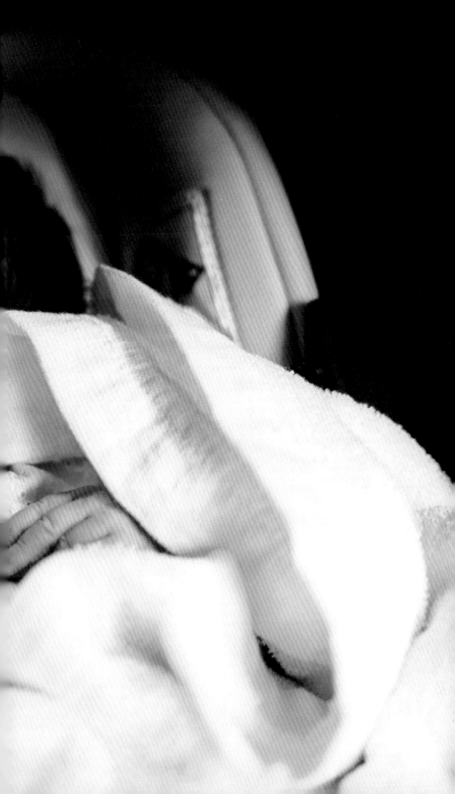

目次

008　3人でいただきますしよう

012　おめでとうが何よりうれしい

017　優しい涙

022　君は、大丈夫ですか？

026　君と結婚してよかった

031　一緒にひとつのシャッターを押そう

035　伝えてほしいこと

040　いつも背中を押してくれてありがとう

044　来年は、君も

048　いまならいえる秘密です

052　帰ってきてよかった

056　がん患者2年目の今年も

060　だから、しあわせになって下さい

064　おとーしゃんのたんじょうび

067　育児ってこういうことでいいんだ

071　君は責任感が強いから

076　今日はケーキを買って帰ります

082　ぼくときみが変わらないのは

088　「お父さんに会いたい」と言われて

092　きみがスイカを美味しそうに食べていると

097　ぼくの憲法にしていること

103　優くんがかいた丸はきっと

108　ずっとそばにパパはいるよ

113　家族で来た冬の知床で

118　君のことも優くんのことも信じてる

121　きみと結婚したきっかけは

125　優くんはどんな成長をするのだろう

129　成長の背中を押すこと

135　自分にないものを、子どもに

141　いまはそれがいいとおもってます

146　悪いことは、お父さんのせいにして

151　子どもがいじめの加害者になる可能性

156　たいせつなのは、強さを教えること

161　優くんがぼくに答えを教えてくれる

166　君の買った宝くじが当たるように

170　たのしいことはいっぱいある

176　優くんの未来で応援してほしいこと。

181　子どもに好きになるクセをつけてあげたい

188　だから本当にありがとう

193　キミに美味しいものを食べてほしいんだよなぁ

198　おとうさんの味

203　10年後はきっと忘れてしまうけど

208　子どものことはほめた方が圧倒的にいい

213　ありがとう、宝物にするよ

219　いま生きていてほんと良かった。

223　最大のプレゼントは安心だとおもう

228　「くだらないもの買って」と言わないきみ

232　だからいいのよ、本当に。

238　あとがき

3人で
いただきましょう

「もしも過去に戻れるボタンがあったら押しますか？」と、知らない人にSNSのメッセージで聞かれた。

ぼくは押さない。今が一番幸せだから。

ぼくは今、31歳の妻と、1歳8ヶ月になるウルトラかわいい息子と一緒に暮らしている。妻の名前は由香里。息子の名前は優。
優しい人間になってほしいと願ってふたりで付けた名前だ。ゆう君です。

ぼくは現代の医療では治せないがんになった

ぼくは34歳、写真家をしている。
ちょうど1ヶ月前に多発性骨髄腫という聞きなれない病名を診断された。血液のがんだ。治すことは現在の医療では不可能。医師には平均して3年の余命と言われた。がーん。
このことをブログで公表すると予想外に反響があり、知らない人から300通近いメッセージが届いた。

冒頭に書いたのは、ビーフストロガノフを煮込みながら大量のメッセージに目を通していたときに見つけた質問だ。質問してきた人は、質問を変えて再びメッセージを送ってきた。

「もしも生まれ変わったら、また同じ人生を過ごしたいですか?」

　いまおもえば、質問者には少し悪意があったようにも感じる。弱音を聞き出したいのか、後悔を聞き出したいのか、興味本位なのか。真意は分からない。くだらない質問の答えを真剣に考えたけど、生まれ変われるとしたら、また同じ人生がいい。34歳でがんになり余命が3年だろうと、同じ人生がいい。

　また由香里と結婚して優に出会いたい。強がりではなく、人生に満足している。ただしぼくは満足でも、由香里は優の育児とぼくの看病で、ワンオペ育児どころではない大変な状態になっている。

　この本は、そんなワンオペ家族をすることになった由香里へ贈る手紙です。由香里へのラブレターであり、遺書でもある。恥ずかしくて死にそうだ。がんになって恥ずかしくて死にかけるなんて夢にも思わなかった。34歳でがんになるとも夢にも思わなかったけど。

結婚7年目。妻へのラブレター。

　きみと結婚して7年目になる。ぼくは子どもが苦手で、ずっときみとふたりがいいと思っていた。子どもはいなくてもいいと思っていた。この考えは間違いだったと今ならおもう。子どもは素晴らしい存在で、ぼくの人生に意味を与えてくれた。

　子どもが苦手だったぼくがガラッと変わり、子どもと遊ぶ姿は、きみ

にはどう映っているのだろうか？

　でも、もっと早く子どもをつくれば良かったとは思っていない。結婚したばかりのころのぼくは、今よりも精神的に幼かった。年齢を重ねるにつれて、精神的にも成熟することができた。

　体力的には、年齢が若いほうが子育てにはいいのかもしれない。でも子育てに本当に大切なのは体力ではなくて、親の人格や品性だとおもう。こればかりは、親になる前に人生経験を積まなければ形成されない。

　結婚してすぐに子どもを授かっていれば、子どもはいま7歳ということになる。「ぼくの余命が3年なら、10歳まで子育てができた。」なんて考えることもあるけど、無意味なことなので止めた。

3人でいただきますしよう。

　"もしも"なんてことは、現実にはありえない。健康なときにはベロベロに酔って盛り上がるネタだけど、真面目に考えることは意味がない。

　それでも、もしも子どもがいなかったとしても、きみとなら楽しい人生を歩んでいたとおもう。さっきぼくは「もしも過去に戻ることができたり、生まれ変わっても同じ人生がいい？」ときみに聞いた。部屋にはビーフストロガノフの匂いが漂ってる。

　きみは「過去に戻らないし同じ人生がいい。」と言ってくれた。その言葉に救われたような気がした。

　ビーフストロガノフが出来たので食べよう。優に食事用エプロンをつけて、3人でいただきますしよう。

　また書きます。

おめでとうが
何よりうれしい

　初回の反響が大きく、たくさんの方から温かいメッセージを頂戴しました。自分の文章力に自信が持てていなかったので、ホッと一安心。

　皆様のメッセージに心が癒され寿命が延びました。ありがとうございます。これからも天狗にならず寿命を全うしたいと思っています。

　尊敬できる友人が「30年くらい連載希望。」というコメントと一緒にシェアしてくれてるのをSNSで見かけました。ぼくが少しでも長く家族と過ごせることを願いつつ、記事自体も褒めてくれているような洒落た投稿が嬉しかった。

　でも残念ながらぼくが30年も由香里と優を見続けることは不可能だ。

健康なときには気づかなかった価値観。

　日本人男性の平均寿命は約80歳、大多数の人が30年は家族を見続けることが出来ている。

　家族を30年見続けることが出来るのはとても幸せなことで、少しうらやましくおもう。誕生日や卒業式や結婚式など、子どもの成長の節目で親が泣く理由は、家族を見続けるという幸せを享受できたからこそだと感じる。

　ぼくの平均余命は3年。短いかわりに濃密な時間を家族と過ごしたい。

　大人になると1年が短く感じるけど、子どものころの1年は長かった。ぼくと由香里にとっての3年はあっという間かもしれないけど、今1歳の優にとっての3年はきっと長い。

　家族と思い出をたくさん残したい。そして由香里と優には、思い出話で思い出し笑いをするような幸せな人生を歩んでほしい。
　思い出も立派な財産だ。健康なときには気づかなかった価値観に気づく日々にぼくは幸せを感じる。

誕生日にほしいもの。

　もう少しでぼくの誕生日だね、この手紙が公開されて恥ずかしさに悶えているころには35歳になっている。誕生日プレゼントに何がほしいかきみに聞かれたけれど、病気になったことの申し訳なさを感じているのでプレゼントは遠慮したいと言った。
　でも遠慮をするときみを悩ませたり、もしかしたら不安にさせたり悲しませてしまうかもしれないから、やっぱり遠慮なく貰うことにしよう。

　写真を撮るのに便利だから斜めがけのバッグを愛用してたけれど、体の片側に負荷のかかることが辛くなってきたのでリュックがほしい。ぼくはあと数年しか使えないとおもうけど、優くんが大きくなっても使えるようにしたいとおもう。
　だから流行に偏ったものでなくシンプルなデザインで、なおかつ丈夫で優くんも使いたくなるようなリュックがいい。この条件にピッタリ合うものを見つけたけれど、ちょっとお値段がお高いんです。
　遠慮したいと言ってから1分で方向が180度変わってしまった。ごめんよ。

ぼくの苦労話はしないでね。

　ぼくはいつもそうだったよね。決断は早いけど決断したことをすぐに修正というレベルを超えて方向転換する。そんなぼくにきみは苦労したこともあるとおもうけど、がんになっても変わらないからきっと死んでも変わらない。
　ぼくのリュックを成長した優くんに渡すときに、この手紙のことを話してあげてほしい。きっと優くんもぼくがどんな人間だったかを知りたいはずだから。

　ただし絶対に苦労話にしないでね、これは約束してほしい。思春期の子どもにとって親の苦労話ほどつまらないものはない。

　ぼくは35歳になっても親の苦労話と他人の昔悪かった自慢話と、きみ

の昨晩見た夢の話だけは、聞いていて寿命の無駄だと感じるよ。
　だからぼくのことを優くんに話すときは、なるべく聞いていて面白い話にしてあげてください。きみの言いたいことを話すのではなくて、優くんの聞きたいことを話してあげてください。

「おめでとう」が、なにより嬉しい

　ぼくの誕生日を迎えるときにきみは何を想うのか、ぼくはちょっと心配です。
「来年もおめでとうって言えるかな？　いつまでおめでとうって言えるかな？」ということを考えていませんか？
　祝いたい気持ちと不安が混じったきみからの「おめでとう。」という言葉がぼくは嬉しくて、なによりのプレゼントです。少し複雑な「おめでとう。」が、ぼくたち家族の濃密な時間を表しているのだとおもう。

　いつか来るであろうぼくの命日よりも、ぼくの誕生日を覚えていてほしい。死んだ日の悲しい思い出なんて頭の片隅にしまっておけばいいよ。
　命日に線香に火をつけて涙を流すよりも、誕生日にローソクに火をつけて笑ってくれるほうがぼくは嬉しい。

　今年も誕生日祝ってくれてありがとう、来年も祝ってほしい。6月には優くんときみの誕生日があるね、楽しみにしていてね。

　また書きます。

もうすぐ息子が保育園に入園する。

　人の子どもの成長は早いなんてよく言うけど、時間というのは平等に
流れているので自分の子どもの成長も同じように早い。

　4月で息子は1歳10ヶ月になる。 あと18年と2ヶ月で成人だが、成人
年齢が18歳に引き下げられればさらに早くなる。 きっと過ごしている時
間を長く感じたとしても、あとで振り返れば早く感じるのだろう。

　ぼくが子どもを育てているなんて考えはおこがましくて、ぼくは息子
に父として育てられており、妻からは夫として育てられている日々だ。息
子と妻も同じことで、ぼくたちは家族として成長している。

緩やかな坂道を下るように。

　主治医や親族からはすぐにでも入院したほうがいいと勧められている
が、死ぬ間際になってやりたいことが増えてしまい多くの人を困らせて
入院を先延ばしにしている。

　いま読んでいただいているこの回は、ベトナムのカフェで書いている。
死ぬ前なんだから少しぐらいワガママになってもいいだろうと、ベトナ

ムコーヒーのように自分に甘く余生を過ごしている。

日々できることが増えてくる息子の成長を見ることが何よりも楽しくて、苦しいときに目を瞑ると息子が笑顔で応援してくれる。

息子に支えてもらっているので、お返しに息子の成長とぼくが生きたことの記録を残して息子の財産になればいいなとおもう。少しばかり寿命を削ることになろうが息子の入園式に参列をして、どうしても写真を撮りたい。

入園式の次の日は病院で入院の段取りを決める。入院すると、しばらく息子を抱くことはできなくなる。いよいよ……という感じでもある。

緩やかな坂道を下るようにぼくの体調は日々悪くなっているので、これから妻に心労を与えてしまうだろうことが申し訳なく感じるけれど、ぼくは今好きなことだけをしている日々に満足していて、充実感や幸福感で満たされている。

人生とは分からないもので、死ぬことが目前に見えてきてから突然、輝いたりする。

優しい涙。

何日か前に、ぼくと優くんでふたりっきりで家にいたときがあったよね、きみが実家に停めてある車を取りに行ったときだとおもう。

時間にして20分ぐらい、一緒にプラレールで遊んで、ぼくはいい感じで“お父さん”ができた。だけど優くんが上手にレールをはめることが

　できたのでぼくが褒めてあげたら、優くんはきみにも褒めて欲しかった
みたいで。急に優くんはきみを探しはじめ、きみがいないことに気がつ
いちゃったんです。そしたら大泣き。

　自分が置いていかれてしまったからなのか、お母さんになにかあった
かと心配しているのか。とにかくきみがいないことが不安だったみたい
で、泣きじゃくっていました。

　保育園に入園したらしばらくは毎日、こうやって泣くかもしれないで
すね。成長するために必要なことだからとはおもいつつも、優くんが泣
くのは心が痛くなります。

　優くんにとってはぼくときみでは求めるものが違っていて、どちらが
一番というわけではないのだけど、やっぱりお母さんの存在があってこ

そ、お父さんと安心して遊べるのかもしれません。

　こんなこと言ったらきみは怒るし悲しむかもしれないけど、病気で死ぬのがきみじゃなくてぼくでよかったとおもいます。
　ぼくの体の調子は少しずつだけど日々悪くなっていて、苦しい日もあります。

　この苦しさがきみじゃなくて本当によかったとおもう。自分の苦しさは耐えられても大切な人の苦しみは耐え難いものだから。

　きみがいなくなるという悲しみは、ぼくにとっても優くんにとっても耐えられない。

　最近になって急にぼくの知名度が上がり、輝いているように見えるか

もしれないけど、結局のところぼくはきみという太陽の周りをグルグルと回って光っているように見える月と同じです。ぼくが輝いているわけではありません。

　きみがいなくて泣きじゃくる優くんを見ていたら、ぼくが死んだ後に悲しむ優くんを想像して、ぼくも一緒に泣いてしまいました。きっと悲しいおもい、寂しいおもい、嫌なおもいをさせてしまうよね、ごめんねと謝りながら、抱きながら泣きました。

　これを書いているいまも少し、泣いてしまいそうです。

　優くんは自分が大好きなお菓子を人にあげて、喜ぶ相手の顔を見て笑顔になる、よく笑う優しい子です。ぼくがいなくなったあとに、きみの前で良い子でいようとして無理に我慢をしてしまうかもしれません。

　そんな時は無理をさせずに抱きしめて、一緒に泣いてあげてください。

　きみが家に帰ってきて、優くんが安心して泣きやんだように、どんなに辛いことでも乗り越えられます。

　また書きます。

君は、大丈夫ですか？

予定は未定。

　前回はベトナムで書いたけれど、日本に帰国したらすぐに入院する予定だったので、今回は病室で書くつもりだった。ところが帰国後すぐに下痢と嘔吐（おうと）と発熱に襲われてしまった。"旅行者下痢症"という、アジアに滞在した人がよく罹（かか）るものだ。

　見かけによらずぼくのお腹は細菌にもストレスにも弱いので、海外に滞在するたびに罹る。健康なら数日で治るはずが、免疫力が落ちているせいで治るまでに3週間も要してしまった。おかげで入院のスケジュールがどんどん後ろにずれてしまい、今回は自宅で書いている。予定というものは未定だ。

　忙しい自慢などしたくはないが、最近になってさらに日々が過ぎるのが早く感じる。先週はテレビの生放送に出演したけど、他にもテレビだけで既に3本の企画の打診がある。ウェブメディアの取材や講演会の依頼、執筆依頼なども多く寄せられている。

　撮影依頼も少しながら来ているので、本来の力を発揮する機会を与えられていることが救いだ。

　健康なときにこういう状況になりたかったものだけど、花火のように

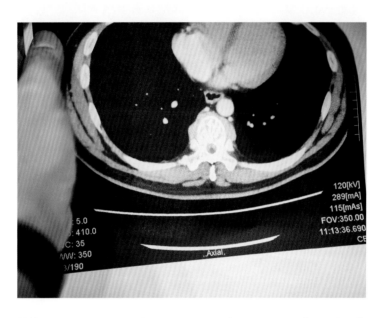

最後にパッと咲かせる人生もいいものだと楽しんでいる。幸か不幸か体調を崩していることで、周囲からチヤホヤされても天狗にならない。

　高額な医療費を少額の負担で済んでいるのは、普段病院に行かない健康な人の保険料のおかげだ。そのことを忘れないようにしている。

　ところが忙しく日々を過ごしていると、忘れてはいけないことも忘れることもある。今まさに書いているこの連載の締め切りを完全に忘れていた。そろそろ寝ようと思った矢先に締め切りを思い出し書いている。

「やばい、締め切りだった。ラブレター書くから先に寝てて。」と妻に伝えると、「うん、無理しないでね。」と返された。どんな夫婦の会話だよ、と突っ込みながら深夜にラブレターを書いている。

君は大丈夫ですか？

　保育園に通い始めて1ヶ月が経ちましたが、保育園に行くときは別れるのが寂しいのか、優くんはやっぱり泣いてしまいますね。先生から保育園での様子を聞くと、すぐに泣き止んで遊ぶみたいだけど。ただ、夕方お迎えに行ったときにきみを見つけてまた泣く姿をみると、優くんもがんばっているのだと実感します。

　優くんは保育園で同じクラスの月齢の低い子よりもできることが多く、体も一番大きいです。一種の優位性のようなものに優くんも気づいたのか、最近は自我が目覚めてきましたね。

　いわゆるイヤイヤ期なのでしょうが、なかなかの抵抗っぷりに少しばかりお互い手を焼いていますね。きみは大丈夫ですか？

お風呂に入るのもイヤ、服を着替えるのもイヤ、保育園に行くのもイヤ。「イヤイヤ期はいつかは終わる。」なんてアドバイスされますが、今この瞬間に終わってほしいと思ってしまうのが本音だとおもいます。

　こんな言葉は綺麗事なのは重々承知の上ですが、ぼくは優くんが順調に成長している証拠だとおもいます。とはいえきみもストレスを溜めるのはいけないので、保育園に預けているときは自分の時間を確保してください。

　優くんが求める役割は、お母さんとお父さんでは違います。
　心苦しいけれど、きみのほうが負担の比重が大きいことは分かっています。だからあまりがんばらないでください。"世間の良いお母さん"像と、何よりも"世間の良い子"像に惑わされないでください。

　完璧な子育てなんか目指さなくていいです、ゆっくりだけど、ぼくたちも優くんも成長しています。このままでいいんです。きみがよくがんばっているのは、ぼくと優くんが一番知っています。

　イヤイヤ期の優くんは何よりもぼくたちから嫌われることがイヤなわけですから、いつものように笑顔でいましょう。ここはひとつ、お互いがんばりましょう。ぼくは優くんが自宅でどんなに泣き騒いでも気にしません。

　優くんときみの誕生日が近づいてきましたね。

　優くんは早いもので2歳。きみは……あれっ？　何歳だ？　うっかり忘れてしまったので、"お母さんになって2歳"を祝うということにさせてください。プレゼント楽しみにしていてくださいね。
　もう考えています。

君と結婚してよかった

記念日は好きじゃないけれど。

　6月7日は妻の誕生日で結婚記念日だ。2011年に結婚したので7年が経った。一般的な結婚記念日というのは、入籍をした日なのか結婚式という盛大な飲み会をした日なのかわからないけど、我が家では入籍した日としている。

　2011年の6月7日は仏滅だったので、めんどくさい親族たちから日が悪いと文句を言われたが、妻が生まれた1985年の6月7日も仏滅であったとぼくが主張するとみんな黙った。くだらない意見にはくだらない反論をするというのがぼくの信条だ。相手の会話のレベルで反論をしたほうが話が早い。

　そもそも記念日というものがぼくは好きじゃない。だから少しでも記念日の類を減らすために妻の誕生日に入籍した。妻にとっては誕生日で、ぼくにとっては入籍記念日なので、うっかり忘れて喧嘩することを防止できる。

　結婚式をした日がいつだったかは、もう覚えていない。式の打ち合わせで親族たちが大安だの仏滅だの言ってたけど、結局なんの日だったかも覚えていない。

　よく考えてみれば、ぼくは35年も日本に生きていながら、未だにGWの祝日がなんの日か覚えていない。
　子どものころは、GWを“学校を休める。”というだけで楽しみにしていた。息子にとって6月7日はお母さんの誕生日と親の結婚記念日だけど、美味しい料理と楽しい思い出を毎年つくってあげれば、毎年親の記念日を楽しみにしてくれるような気がする。

　そして6月16日は息子の2歳の誕生日だ。息子の誕生日であり、妻が命をかけて出産した日であり、ぼくは生命の誕生に感動をした日だ。
　記念日は増やしたくないけれど、この日は大切にしたい。
　妻の誕生日と息子の誕生日をまとめて一緒にはしたくない。楽しく過ごして家族にとって大切な楽しみな日にしたい。

　ぼくが死ぬ日は自分の誕生日がいい。誕生日に死ねば命日という記念日を減らせるし、悲しむのではなくてぼくのことで思い出し笑いをしながら誕生日を祝ってほしい。

成長って、感動的だね。

　今月はきみと優の誕生日です。毎日朝になると前の日に読んだであろう電動自転車のカタログがテーブルに置いてあるので、妙なプレッシャーを感じているけどプレゼントについては相談させてください。

　あとチェーン系列のスタジオ〇〇みたいなコスプレ写真館のカタログもあるけど、あれって冗談なのか、もしくはぼくの仕事に必要なマーケティング資料だよね？　ぼくが優くんを写真館っぽくストロボできっちり撮ることもできるからね、撮影スタジオを借りればいいんだし遠慮なく言ってね。なんなら絶対にいい感じに撮れるからね？

もうすぐ親になって2年です。家族全員が2歳になるようなものです。きみはどうおもうかわからないけど、ぼくは一瞬のように早くてあっという間だった。このペースだと、きっとあっという間に成人しちゃうね。

　優くんもきみがトイレに行っただけでも大泣きしていたほどべったりだったのが、最近は少し自分の時間を大切にするようになったし、遊び相手にぼくを選ぶことも増えました。自我が出てきてやりたいことと嫌なことがはっきりしてきてイヤイヤ期に突入したけど、自我が出るって順調に成長しているってことだよね。

　次の段階は我慢することをゆっくりと覚えさせよう。
　"子育てはこれからが大変よぉ〜"とか、子どものためと称して勝手なことを言ってくる親族や先輩風をピューピュー吹かせる人たちがいるけど、これからどんどん楽になっていくとぼくはおもいます。

　首も据わっていなくて、ミルクしか飲まない存在だったのが、いまでは自分で座って、スプーンを使って味噌汁のナメコをすくって食べています。成長って感動的ですよね。

きみと結婚してよかった。

　いまが大変だとおもう、でもこれからが大変になるわけじゃない。

　先輩風をピューピュー吹かせる人たちが何を言おうと、動画撮影の時に入り込む風切り音のような雑音です。思い出という記録には不必要な雑音だから耳を塞ぎましょう、気にしないでください。

　きみはきっと自分の子育てに不安を覚えているだろうけど、初めての

子育てとはおもえないほど、とてもよく出来ていてぼくは助かっています。きみと結婚してよかったと思っています。

　さすが幼稚園の先生を10年勤めただけのことはあります。きみのおかげで優くんは名前の通り優しい子に育っています。よく笑い、よく怒り、感情表現が豊かな子になっています。

　いつもありがとう、そしてご苦労さまです。来年の6月が、ぼくは今から楽しみです。

　また書きます。

一緒に
ひとつの シャッターを 押そう

ぼくらは似た者夫婦？

"似た者夫婦"という言葉がある。

　自分の周りにいる夫婦を数組おもい浮かべてみたけれど、確かに、性格や言動、雰囲気など、どこか似ているように感じる。似た者同士だから結婚したのか、長年連れ添ったことで似てくるのかはわからない。

　ぼくと妻はどうだろうか？

　似ているかどうかは第三者が判断することかもしれないけど、ぼくは似ていないとおもう。食事の好みや休日の過ごし方、物事の考え方や人生観、好きなものの全てが違う。

　それでも日常的に問題なく過ごしているのは、嫌いなものの価値観が同じだからかもしれない。嫌いなものが同じなので、揉めることが少ない。

妻の撮る写真。

　ただ1年前から薄々と気づいては、あまり考えないようにしていたことだけど、ひとつ確実に似てきたものがある。それは妻の撮る写真だ。

　とくに息子を撮る写真が似てきた。

　先日、息子の誕生日に家族旅行で旅館に泊まった。浴衣を着て可愛さが倍増した息子とベッドで遊んでいたら、その様子を妻はぼくのカメラで撮影した。その写真があまりにぼくの撮る写真に似ていて、寿命が少し縮むくらい驚いた。

　ぼくが設定した機材で撮影して、料理の味付けをするようにぼくがパソコンで色味を調整しているので、雰囲気が似るのはテクニカル的な部分で理解できる。けど、それだけではない何かがある。

　写真が似てきたことに薄々気づきつつも考えないようにしていた理由は悔しいからだ。ぼく自身が持ち合わせていないためか、ぼくは"才能"という言葉を信じていない。だが、妻にはそういった才能があるのだろうか?

ぼくは18歳から写真を始めて、単純計算をしてもこれまでに100万回近くシャッターを押してきた。勉強をして辛いことも、楽しいこともあったが、写真に関しては苦労をしてきた。こんなにも、才能でアッサリと追いつかれるものなのか？

　写真作品を語るときに一番ダサいことは、撮影者の苦労を語る行為だ。つまりぼくはいま、一番ダサい。

　シャッターを押せば誰でも撮れる写真だからこそ、その人の人柄が写る。写真というのは被写体を写しているようで、じつは撮影者との関係性が写る。

　今回載せている写真は妻が撮影したものだ。

一緒にひとつのシャッターを押そう。

　健康なときは長期の出張が多かったので、家を出るまえにぼくのカメラを置いて行ったよね。優くんの成長を記録するために置いて行ったのだけど、きみの撮る写真は優くんとの関係性がよく写っていて、それを見るのが出張から帰るときの楽しみになっていました。

　最近はぼくがずっと家にいるので、きみが写真を撮る機会が減ったけど、きみの写真はぼくの写真によく似ています。ぼくの写真ときみの写真を一緒にしていると、どっちが撮影したのかぼくもわからなくなります。

　きみの写真がぼくに似ているのは、ぼくの写真をよく見ているからだとおもいます。ぼくが撮影した優くんの写真をきみが好きなように、きみが撮影した優くんの写真がぼくは好きです。

まさかぼくときみの写真が似るとは夢にも思わなかったけど、これは良いことだとおもいます。ぼくがいつか優くんの写真を撮れなくなったら、きみが撮ってあげればいいからです。きみの写真の基礎にぼくがいれば、ずっとぼくが優くんを撮り続けられるような気がします。それは写真家として幸せなことだし、ひとつの気がかりが消えるような気持ちです。

　でもいまはぼくが優くんを撮ります。

　だからきみはぼくを撮ってほしい。

　お父さんとお母さんの関係性が写った写真を、優くんに見せてあげてください。きみの写真を見続けた優くんが、成長して写真を撮ったときどんな写真を撮るのだろう？　もしも少しでもきみの写真に似たら、その基礎にはやっぱりぼくがいます。

　それが優くんにとって幸せなことかどうかはわからないけど、それを想像するのは、ぼくにとっては幸せなことです。

　また書きます。

伝えてほしいこと

　最近ぼくがひとりで出かけようとすると、息子がなんとか阻止しよう
とする。棚からお菓子をとりだして一緒に食べようともちかけてきたり、
絵本を読んでとお願いしてきたり、ぼくの荷物を引きずって部屋に戻し
たりする。

　この日は出かける準備をするぼくの足もとで、気をひくためにタヌキ
寝入りをしていた。初タヌキ寝入りをする息子が気になってしまい、準
備の手を止めて、音を立てずにジッと息子を見ていた。

　物音がしなくなって不思議に思った息子が薄目になって周囲を確認し
たときぼくと目が合った。息子が笑い出したのでぼくもおもわず笑って
しまい、そのまま遊んでしまった。まんまと息子のおもうつぼとなって
しまった。

ちゃんと帰ってこなければいけない。

　息子のタヌキ寝入りは、福島第一原発近隣の帰還困難区域に入る日の
朝の出来事だった。

　震災の日の朝、家族に見送られてそのまま別れることになった人がど
れくらいいたのだろうか。少し寂しそうな表情の息子に見送りをされて、

ちゃんと帰ってこなければいけないなとおもいつつ新幹線に乗った。

　東北の被災地に足をはこんだことは何度もある。だけど一般の立ち入りが制限される帰還困難区域に入るのは初めてだ。息子が生まれてから、自分ががんになってから被災地を訪れるのも今回が初めてとなる。

　おなじ映画を見ていても、自分の年齢や環境が変わると感じ方が変わる。

　『天空の城ラピュタ』が子どものころから大好きな映画だ。流れもセリフも全部覚えているけど、それでもまた見たくなる。いい映画ってそういうものだ。

　子どものころは主人公パズーの立場に自分がなったつもりで見ていたけど、息子が生まれてからはパズーを見守る海賊船の女船長ドーラの立

場になって映画を見ている。

　なんども訪れた被災地でも感じることが違うのではないかと、少し期待もしている。今回は帰還困難区域を訪れたことで感じたことを、妻に伝えるために手紙にしたい。

優くんときみのことが、ただ心配です

　いままで見てきた被災地は綺麗にされたものだったのだと、気づかされた旅でした。たくさんの悲しいものをこの旅で目にしたけれど、ぼくが一番感じたことは心配です。

　いつか東京にも大きな災害があるかもしれません。そのときにぼくが

生きているか死んでいるか分かりませんが、優くんときみのことがただ心配です。

　ぼくはふたりのことを守ってあげられないどころか、ぼくがふたりの足手まといになってしまう可能性だってあります。

　平常時の常識では考えられないようなことを緊急時には決断することを求められます。そんなことを帰還困難区域ではたくさん感じました。

　ぼくはがんになって数年しか生きられないかもしれないけど、その前に災害で亡くなる可能性だってあります。

　それはぼくだけでなく、きみにもおなじことが言えます。そして悲しいことだけど、優くんにすらおなじことが言えます。1年後に生きている保証は、健康な人にも、がん患者にも、大人にも子どもにもありません。もしかしたら余命ってあんまり関係ないのかもしれません。

　ぼくが健康なときよりも忙しくなってしまってきみは心配をしているかもしれないけど、ぼくはいつもふたりのいる場所にちゃんと帰らなければと考えています。

　心配するきみのいる場所に帰ってくるから、あんまり心配しなくとも大丈夫です。

　でも全く心配されないと、フラフラッと調子にのって旅に出ちゃいそうだから少しは心配していてください。適度に心配されると、ぼくもきみに気をつかって適度に生活できそうです。

　今回の旅は許可が必要な特別なものだったけど、いつか誰でも立ち入

れる日がきたら、ぜひ優くんを行かせてあげてください。

　お父さんが何をみて、何を感じて、何を考えたのか。おなじ景色でもきっと優くんが感じることは違います。

　人はいつか死ぬということを忘れずに生きることが、ぼくは大切なことだとおもいます。

　死ぬことは避けることができないけど、生き方は選ぶことができます。

　優くんにはお父さんがどう死んだかよりも、どう生きたのかをきみには伝えてほしいです。

　また書きます。

いつも 背中を 押してくれて
　　　　　　ありがとう

次の荷物をおろさなければならない

『ぼくが子どものころ、ほしかった親になる。』という少しギョッとする
タイトルの書籍を出版した。

　育児の本でも、ましてや闘病の本でもなく、ぼくが日々考えていたこ
とをまとめた本だ。発売日の翌日には重版がきまるなど、人生初の著書
の売れ行きはとても好調だ。自分が考えていたことが共感をえたような
気持ちになり、とても嬉しい。

　子育てをしている最中に、命に関わる病気になってしまうと、多くの
人がお金の心配をする。もちろん、お金の存在というのは大きい。ぼく
も一番最初はお金の心配をした。

　でも1万円札に描かれた福沢諭吉が、何か言葉をかけて息子を励まし
てくれるわけではないということにも気がついた。そもそもお金は何か
を購入したり、何かをするためのツールだ。ほしいものや、したいこと
がなければ、お金をうまく使うことができない。

　父親がいないという孤独感や寂しさは、きっとお金では解決できない
問題だ。ぼくは、息子に言葉をのこしてあげたかった。息子にとって必
要になり、ほしいものだけどお金で買えないものが、ぼくの言葉だと思

ったからだ。

　本を出版したことで、心の荷物がひとつおろせたような気持ちになり、少しホッとしている。でも荷物がおりたことで心にスペースができると、また違うことがやりたくなってくる。

　命に限りがあると健康なころから理解していたけど、実感はしていなかった。いまは実感しているので、時間の価値が上がった。人生というのは振り返ると短く感じる、あまりゆっくりしているヒマもなく、次の荷物をおろさなければならない。

いつも背中を押してくれてありがとう

　いまこの手紙は知床半島で書いています。

　昨日はエゾシカを5頭とキタキツネを5匹見かけました。今日はヒグマを探します。

　いつか優くんときみと訪れたい街が、またひとつ増えました。

　1週間も家をあけて、ぼくだけ旅をしているわけですけど、それを怒ることなく許してくれてありがとう。

　こないだ講演会をしたときに"あなたが余命1年だったら何をしますか？"というアンケートをとったんです。答えの多くが"仕事を辞めて、旅に出る"というものでした。

　旅はそれくらい魅力的なものだけど、本当に余命が1年になったら家

族がそう簡単に余命1年の病人を旅に行かせないことも現実です。

　余命が1年になったときに、本当にやりたいことをやるのは難しいです。本当にやりたいことは、健康なときにやったほうがいいです。

　旅のことも、書籍のことも、日常のこと全てにおいてだけど、いつもぼくのやりたいことを、背中を押してくれてありがとう。

　"私はなにもやっていないよ"ってきみはまた言うかもしれないけど、ぼくに好きなことをさせるということをきみはやっています。それに自信をもって、忘れないでください。

　ぼくが死んだあとに、ぼくが人生を好きに生きたという事実が、きみの心の支えのひとつにきっとなります。ぼくが好きに生きたこと、それをきみが背中を押してくれたことが、優くんにとっていい影響を与えるとおもいます。

　では、ヒグマを探しに行ってきます。病気になったけど、病気で死ぬとは限らないよね。ヒグマに襲われないように、気をつけます。

　また、書きます。

2018. 10. 05

来年は. 君も

息子から "せんせぇ" と呼ばれた

"先生" と呼ばれることがここのところ急激に増えた。

　ぼくは病人なので "先生" と呼ばれると最初に医者をイメージする。だから正直なところあまり居心地は良くない。写真家にも先生と呼ばれる人はいるが、先生と呼ばれる写真家ほどたいしたことがない人が多いので余計に居心地が悪い。

　ただ、先生と呼んでくる人からすると、年齢の上下にかかわらず敬意を表せるし呼び間違いの心配がないので楽なのだそうだ。とにかくポッと出の先生だけど、ぼくは先生と呼ばれても嫌な顔をせず、それでいて天狗にもならないように気をつけなければいけないなと日々思っている。

　ところが最近息子までがぼくのことを先生と呼ぶ。"せんせぇ" ととても可愛い感じなんだけど、息子よ、お前もかと衝撃を受けた。医師からがんを告知されたときと並ぶくらい衝撃的な出来事だった。

　先生という言葉自体は悪い言葉でもなんでもないのだけど、あまりにも衝撃的でそんな言葉どこで覚えたんだい？　と息子に聞いてしまった。2歳の息子から先生と呼ばれるのは、距離感がハンパない。

044

　すると妻が"保育園で先生ってたくさん呼んでるからだよ"と教えて
くれた。小学生が学校の先生をお母さんやお父さんって間違えて呼んじ
ゃったりする、あれの逆パターンだったようだ。先生と呼ばれても勘違
いしないように気をつけなければいけない。

　4月に保育園に入園してもう半年、息子はずいぶんと成長した。息子
にとって保育園の先生たちは、ぼくと妻以外で日常的に関わる大人だ。先
生たちと一緒に育児をしていると言っても過言ではなく、先生たちには
頭が上がらない。

　あぁ、だから保育士さんって先生って呼ばれるのか。そんなことをい
ま書いていて気がついた。

来年はきみもカメラを持って行こう

"優くん運動会"ってカレンダーにきみが書き込んでいたから、なにがなんでも運動会の日は休もうと心に決めていました。

雨の影響で運動会の会場が小学校の体育館になり、初めて入る小学校に優くんも緊張して泣いていたけど、先生たちがつくってくれた妖精みたいな服と帽子を配られて、優くんに着せると楽しそうに遊びだしたからちょっとしたことで気持ちが変化するものだと実感しました。

1歳児クラスの親子遊戯の順番になって、優くんときみが蒸し暑い体育館の中央でよくわからない踊りをしているところを遠くから写真を撮っていると、一瞬だけぼくがいない世界にふたりがいるような感覚になります。

　これは病気になってからよく感じる感覚です。ちょっとさみしい感じもするけど、楽しそうにする優くんときみがそこにいるとぼくはホッとします。そんなふたりの写真が撮れて幸せだともおもいます。

　ぼくは写真家なので写真を撮るのは苦手ではないのだけど、前日になってテレビCMの影響でも受けたのかきみが"ちょっと動画もほしいんだよねー"なんて言い出したから、変なプレッシャーを感じながら運動会の会場にいました。

　写真用のカメラと動画用のカメラの2台で運動会に挑もうかと思ったけど、普段の仕事でもそこまでやらないのでやめておきました。きみがクライアントになると妙な緊張をします。

　そして"ちょっと動画もほしいんだよねー"なんて軽く言うクライアントはあまりいいクライアントではありません。そりゃもちろんできないことはないのだけど、寿司屋にフラッと入って大将に"ちょっとマグロ解体してほしいんだよねー"と言っているようなものです。

　けっきょく1台のカメラで運動会に行ったけど、来年はぼくが1台、きみも1台持って行きましょう。

　また書きます。

いま ない いえる 秘密 です

ぼくは本当に運が良かっただけ

　11月になった。最近 "1年前のいまごろ" ということをよく考える。

　写真の便利なことのひとつが撮影した日時がデータとして写真に記録されることだ。ぼくはだいたい毎日写真を撮るので、日記のようになにをしていたか記録される。スマホで過去の写真をスクロールすれば、そのときの感情や記憶が鮮明に蘇る。

　なぜ1年前のいまごろをよく考えるかというと、ちょうど1年前の11月にがんが発覚したからだ。

　なかなか想像するのが難しいとはおもうけど、痛みで眠ることはおろか横になって休むことすらも難しい状況だった。つねに疲れていて、睡眠不足から思考力も低下していた。
　いまでは痛みはなく横になって熟睡してばかりなので、ずいぶんと良くなった。医療ってすごい。

　この1年は激動だった、地獄の淵を這うように生き延びたような気がする。自分の人生で一番大変だった1年といっても過言じゃない。

　いや、もしかしたら憶えていないだけで、35年前の新生児のころのほ

うが大変だったのかもしれない。母のお腹のなかで10ヶ月すごして、外に出て生活するんだからそっちの1年のほうが激動で大変かも。過言じゃないといいつつ、過言だったかも。

　お母さんやお父さんの育児の大変さばかりに目がいってしまうけど、赤ちゃんはいま激動の人生の真っ只中なんだよね。結果としていま生きているけど、がんにしても、出産にしても同じような状況で命を落としている人はたくさんいる。

　人生って過去の善悪の行いだの前世だの、実力なんてものも関係のない、サイコロを振り駒をすすめるようなものなんだとここ1年でよく感じたことだ。こういうことをいうと"じゃあ亡くなった人は運が悪いのかよ"っていわれそうだけど、いまぼくが生きているのは本当に運が良かっただけとしかいいようがない。

きっときみにはバレなかったけど

　病気が発覚してから1年がたちました。

　はやいですよね、あっという間です。"あっ！"って言ったら1年たってしまったぐらいの感覚です。

　時間って不思議なもので子どものころは1年が長く感じて、大人になるとだんだんと1年が短く感じるものだし、楽しい時間は短いし、つまらないおっさんの昔は悪かった自慢話を聞かされる時間はとても長く感じるものです。

　きみも育児と看病と忙しかったり充実しているだろうから、あっとい

う間にすぎたとおもいます。あっという間に子どもが成長するなんてよくいうけど、きっとあれって親の過ごす時間が短いだけで、子どもは一日一日をじっくりと過ごしているのだとおもいます。

　ぼくにとってこの1年ってあっという間にすぎてしまい、このままじゃあっという間に寿命がきてしまいそうなので、ここからの1年は少し長く感じるように過ごしたいところですが、優くんときみがいるからあっという間に楽しい時間を過ごせているのだともおもいます。

　1年前のいまごろに撮影した写真を見返すと、いろいろなことを思い出します。

　病気があることがわかってから数日後、公園で落ち葉まみれになって遊ぶ優くんときみの写真を撮ったとき、ぼくのいない世界にふたりがいるように感じてしまい、じつはぼく泣いていたんです。

　カメラってとても便利で、涙を隠せるしアングルを探すふりしてその場から離れることもできるから、きっときみにはバレなかったけどいまならいえる秘密です。

　また書きます。

帰ってきてよかった

"おとーさん、おとーさん"

　この原稿は軽井沢駅のホームで書いている。時計の表示は18時で、あと5分ほどで東京行きの新幹線が到着する。

　予定ではこんや軽井沢の温泉宿に泊まって、温泉に入ったり美味しいお酒でものみつつ、少しゆっくりしてから翌日帰宅するつもりでいた。

　なぜ予定を変えて東京行きのホームにいるのかというと、いまから急いで帰れば息子が寝るまえに帰宅できそうだからだ。

　昨夜も帰宅が遅かったぼくは今朝、妻からこんな話を聞かされた。

"おとーさん、おとーさん"

　保育園から帰ってきた息子が、家のなかでぼくを探していたそうだ。夕方に時間指定した宅配便が届いたときも、ぼくが帰宅したとおもった息子が玄関に走った。"おとーさん、おとーさん"とお父さんのいない少し広いベッドでさみしそうに眠りについたそうだ。

　息子は最近よくしゃべるようになった。妻のことはママと呼び、ぼく

のことはおとーさんと呼ぶ。

　うちでは夫婦間をパパママではなく、お父さんお母さんでとおしているのだけど、息子の周辺環境では圧倒的にママという言葉が多いのだろう。家庭では一度も使ったことがないママという言葉を息子が自然に使うので、こうやって親以外から学ぶのだなぁと感心をしている。

　親が教えられることなんて子どもの人生にとってほんの一部だ。どんどん親以外からいろんなことを学んでほしい。

　ぼくは文章を書くのがとてもおそい、もう大宮に到着した。今夜は息子に会えるだろうか。

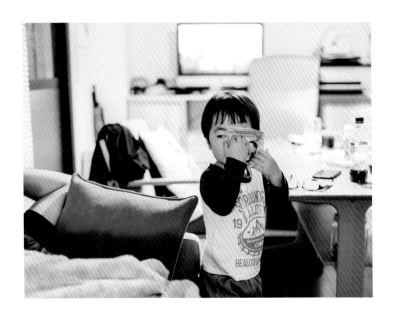

玄関をあけたときの嬉しそうな顔が

いま新幹線のなかでパソコンをひらいてコレを書いています。原稿と呼ぶべきなのか、手紙と呼ぶべきなのかわからないので、コレです。

軽井沢で1泊するか、新幹線で帰ってくるか悩んでいましたが、帰宅を選びました。悩んでいたなんて書いたけど、1時間前は完全に宿泊するつもりでした。食べログで美味しそうなお店をチェックして、軽井沢駅から宿までのルート上のお酒を取り扱っているコンビニまでチェック済みでした。

"息子のために"という自己犠牲のようなものでも、子煩悩パパみたいな理由で帰宅を選んだわけでもありません。

　食べログでチェックした美味しそうなお店がやっていなくて、宿も駅からちょっと遠くて、タクシーもいなかったので、なんとなく急に面倒になっただけです。子どもに会いたいというよりも、12月平日夜の軽井沢のホスピタリティに心が折れたというのが正直なところです。

　浮いたお酒代は優くんときみへのお土産とグリーン車になりました。

　東京駅に着きました、これから中央線に乗り換えて八王子に向かいます。優くんが起きているギリギリの時間に帰宅できそうです。でも電車が遅れたら間に合わないかも。中央線のなかでパソコンは使いにくいので、帰宅してからまたつづきを書こうかな。

　いまリビングでコレを書いています。

　寝室ではお父さんと遊べて嬉しかったのか、イビキをかいて優くんが寝ています。

　遊んだといってもみじかい時間だし、眠る時間が少しずれてしまったけど、玄関をあけたときの優くんの嬉しそうな顔にぼくもやっぱり嬉しくて、帰ってきてよかったとおもっています。

　写真を撮ればよかったけど、優くんの笑顔をカメラの存在が水を差すような気がして、今夜はカメラをしまっていました。

　軽井沢でチェックしたお店、美味しそうなので、いつか一緒に行きましょう。

　また書きます。

がん患者 2年目の今年も

生きている人の特権。

　肺炎と敗血症になってしまい緊急入院することになり、クリスマスも
年末年始も病院ですごした。
　肺炎が原因で命を落としてしまう人がいるのも納得の苦しさだった。
　入院したときはぼくも死ぬかとおもったけど、たまたま生きている。

　ぼくは食べたことがないものを食べるのが好きだし、行ったことがな
い場所に行くのが好きだ。
　知らないことを知るのが好きな性格なんだとおもう。

　肺炎になってはじめて、肺炎の苦しさを知った。
　とても苦しいのだけど、ちょっとだけたのしかったりもする。
　"そっか、肺炎ってこんなに苦しいんだ"と知らないことを知ってよろ
こんでいる。

　血液がんの確定診断を受けて1年がたつ。

　"そっか、がんになるとこうなるんだ"と知らない世界を知り、1年間
たのしむことができた。
　どこか他人事のように考えてしまうのだけど、現実逃避とかそういう
ことではなく、どんな状況でも知らないことを知れるのがぼくはたのし

いのだ。

　がん患者2年目の今年も後輩に先輩風を吹かすことなく、知らないことを知ってたのしく生きたい。
　知らないことを知れるということも、たのしむということも、生きている人の特権だとおもう。

キッチンからきみの声を聞いて

　クリスマスとお正月を家族ですごせなくて、ごめん。
　まさか2年連続でクリスマスと正月を病院ですごすとは、ぼくもおもわなかった。

　夜間救急で病院にきたときに、医師からこのまま死ぬ可能性があることを告げられたけど、ぼくもきみも冷静だったよね。

　このがん患者1年目で知ったことのひとつが、ぼくが冷静さを保てばきみも冷静でいるということです。
　ぼくが冷静さを失うと、やっぱりきみも冷静さを失ってしまいます。

　夫婦で冷静さを失ったとき、優くんにいい影響を与えるとはおもえません。
　きみが冷静でいれば優くんは不安を感じないでいられるとおもいます。
　だから、ぼくの笑顔が優くんの笑顔につながっているように感じます。

　ただ、今回もし肺炎で死んでいたらどうだったのだろう……。
　ぼくという糸が切れたときに、きみが崩れてしまうのではないかと不安を感じました。

でも、起きるか起きないかわからない問題を心配してもしかたないし、ぼくはぼくでやれることは、一生懸命にやったつもりなのです。
　もしも問題が起きたとしても、そこは自分で乗り越えてください。

　きみのことを信じていますし、そもそも自分が死んだあとのことを心配してもしかたないです。
　ぼくが好き勝手に生きたように、優くんも好き勝手に生きるでしょう。

　もしも死んだとしても"死んだあとってこうなるんだ"とぼくはいつもの調子で知らない世界を知り、たのしんでいるとおもいます。

　だから多分、優くんときみのことをあの世から見守るということもしないとおもいます。
　だいたい、死んだ父親や夫がずっと見てるって、考えたら少し迷惑でしょう。

　ぼくが退院して、優くんもうれしそうです。

　優くんがキッチンからもってきた茹でじかん3分の乾燥パスタで一緒に遊んでいるとき、キッチンから乾燥パスタを探すきみの声が聞こえてきて、生きていてよかったとおもいました。

　また書きます。

だから、
しあわせになって下さい

ケロッと仕事を辞めてくれた妻

　幼稚園教諭だった妻が育児休業を取っているときにぼくの病気が判明した。

　本来であれば職場復帰することが望ましいのだけど、息子の育児だけでなく夫の看病という、さきの見えない状態で復帰は不可能だったため退職をした。

　幼稚園業界にありがちな長時間勤務と自宅へ持ち帰る仕事の多さ、そのうえあまり人間関係が良い状態でもなかったので、妻はケロッと躊躇（ちゅうちょ）なく、ぼくに心理的な負担をかけることもなく仕事を辞めてくれた。

仕事に人生を捧げることも若くて健康ならいいのかもしれない。

ただ仕事に人生を捧げた人が病気になって離職したとき、孤独感と後悔を味わっている人をぼくはたくさん知っている。

それを一緒に見てきた妻は、妻なりに生きる意味と仕事の意味を考えて、仕事に人生の全てを捧げるのは間違いであると答えを出したようだ。

そんな妻が今月から近所の保育園で働きはじめた。

育児と家事を両立させるために週4日の1日6時間勤務のパート職員だ、これくらいがちょうどいい。

短い時間だけど、保育士の資格がある妻が1歳児の子どもの6人をみることができれば、最大12人の親が社会で働くことができる。

3歳児や4歳児になれば保育士がひとりでみられる人数は数十人になり、だいたいその倍の親が働くことができるのだ。

たくさんの大人が働いて収入をえて、納税をする。

保育士の労働環境もあまり良くないため人手不足だけど、社会には絶対に必要な仕事だ。

親にとっては育児のパートナーであり、子どもにとっては親以外から愛情を注いでくれる存在だ。

幼児教育の現場で10年間幼稚園教諭を経験し、自分の息子を育て、夫が死にかけの妻が保育園でいったいどんな仕事をしているのかとても興味がある。

きみがしあわせな人生を歩むことで

はじめての職場ってドキドキするし、不安だったりするし、少し居心地もわるかったりするよね。

　大丈夫だろうかとちょっぴり心配していたけど、足が筋肉痛になった
ことをきみが笑いながら話しているのをみてホッと安心しました。
　最近ぼくが忙しくなったことで家事をきみに押し付けていたけど、今
日からはぼくも家事をがんばります。
　今朝はひさしぶりにホットケーキを焼いて、ちいさなローソクをたて
て、ちいさいお祝いをしようとしたけど、優くんは自分のお祝いだと勘
違いしていたね。

　人生ってのは本当にどうなるかわからないものです、ぼくとしては正
直なところ幼稚園を辞めてくれて安心しています。
　病気が与えてくれたいいタイミングだとすら感じています。

　妊娠中に職場の人間関係で悩んで、涙を流しながら職場に行きたくな
いといっていたきみの姿をいまでもたまに思い出します。
　あのときは流産をしたらどうしようととても不安でした。流産してい
たら優くんは存在しないわけで、きっとぼくたちの人生が大きく違って
いたとおもいます。

　いま冷静に振り返ると、きみが妊娠したことで妬まれてしまったのだ
けど、自分が嫌われようとも、なにひとつメリットがなくとも、労力を
かけて他人がしあわせになることの足をひっぱる人はいます。
　そういう人がドラマの世界ではなく、隣人にいるかもしれないという
ことにきみが気づけてよかったです。

　もしも流産していて、優くんが存在せずぼくたちの人生が変わろうと、
そういう人はよろこぶだけです。

　人生はどうなるかわからないけど、妬む人に人生を左右される必要は
ありません。

　これからきみの長い人生でいろんな人と出会うとおもうけど、妬みや悪意がある人とはすぐに距離をとってください。
　幼稚園にいたときは泣くほど悩んでいたけど、職場を辞めたら一切会わないから、泣くこともないじゃないですか。
　距離をとるって最強で最高ですよ、優くんが人間関係に悩んでいたら教えてあげてね。

　きみが人生を楽しむことで、優くんは人生が楽しいものだと気づけます。きみがしあわせな人生を歩むことで、優くんのしあわせにつながります。
　しあわせな人は他人を妬むということをしません。
　だから、しあわせになってください。

　また書きます。

おとーしゃんの　たんじょうび

誕生日に写真集をだした

　今月、36歳になった。
　26歳ぐらいのときは"もう、26歳かぁ"という気持ちだったけど、大人の階段を10年ほど登ってみると"まだ、36歳かぁ"という感覚になってくるから不思議だ。

　いまも若いけど、いまよりもっと若いころは、実年齢が自分の理想の結果とマッチしていなかった。
　達成感がないままに年齢だけを毎年重ねて、あせりやプレッシャーのようなものを感じて"もう、26歳かぁ"という、36歳の感情を逆なでするようなことをおもっていたのかもしれない。

　いまから振り返るとこのあせりの正体は、まったく実態のないものだった。
　周囲からの"しっかりしなさい"という言葉に煽られて、誰かがつくったモノサシにのりこみ、勝手にあせっていただけだ。

　"まだ、36歳かぁ"とようやくおもえたのは、誕生日に写真集（『写真集』ほぼ日）を発売することができたからなのかもしれない。
　10年前から撮りためた作品を写真集にしてまとめることができた。

たくさんの人が助けてくれて、感謝するべき人がたくさんいるのだけど、家族が寝静まった誕生日の夜は10年前の自分に感謝をした。
　ありがとう、あのとき挫けないでよくがんばったよ。

　大人の階段を少し登ってみると、26歳のころの踊り場の眺めよりも、少し見晴らしが良くなって気分がいいです。
　見晴らしは良くなっても、見ているものは10年前とあまり変わらないものです。年齢を重ねるっていいものですよ。

　写真家の人生としては理想的な結果を残せたとおもう。
　結果を残すとまた急に身軽さを感じて、次は何しようか？　という気持ちが湧いてくるから本当に不思議なものだ。

来年はみんなで吹き消そうね

　"おとーしゃんのたんじょうび、おとーしゃんのたんじょうび" と朝から何回も何回も何回も優くんにいわれて、少ししつこかったけど、けっこううれしかったです。

　きっと優くんが何回もいってきたのは、きみが優くんにぼくの誕生日の話を何回もしたからだとおもいます。

　"誕生日のご飯のテーマはジブリです" ってたのしそうにきみがいうものだから、ぼくはてっきりドーラがパズーの家で食べていたような、シズル感たっぷりの大きなハムみたいなものを想像していました。

　でもそうじゃなくて、ケーキにトトロの絵が描いてあって、優くんが好きな料理に薄いタマゴ焼きと海苔でネコバスの絵を描いてくれたね。

"おとーしゃんのたんじょうび" とあれだけいっていたのに、3と6のロ ーソクをぼくが吹き消そうとしたら、優くんがヨダレをたらしながら吹 いていて、"もういっかい、もういっかい" と火を催促して、今度はお父 さんかな？　と期待したけど、やっぱり優くんが吹き消していました。

　子どもがいるってこういうことなんだよね。
　すべてが子ども中心になってしまうけど、それがたのしさだったり、ぼ くにとってのしあわせだったりします。
　大きなハムはひとりでもこっそり食べられるけど、トトロのケーキは 優くんときみと一緒じゃないと食べられないよね。
　36歳になってもローソクの火をお父さんも吹き消したいタイプだから、 3と7のローソクはみんなで一緒にせーので吹き消そうね。

　また書きます。

育児って
こういうことでいいんだ

子どもの成長と同じように

　息子が保育園に入園してから1年がたち、もも組からさくら組に進級した。

　果物から植物に進級したので、来年は農作物へ進級するのかな。男爵いも組だったらちょっとやだな。

　息子は1年前とくらべると言葉をよくしゃべるようになった。

　1年前はイヤなことの意思表示が泣くことだけだったのが、最近では言葉ではっきりと"お父さん、ヤダッ！"といってくれる。

　そろそろ言葉をオブラートに包むということを教えたいけど、ぼく自身もあまり包めていないので、まずはぼくがオブラートに包むことを自習しなければいけない。

　やっぱり親ができていないことを、子どもにやらせようとするのは説得力に欠ける。

　外へ遊びに行きたいときや、YouTubeをみたいときも言葉で意思表示してくれるので、いったいなにがしたいのだろう？　と困ることが激減した。1年前にくらべると育児は楽になったように感じる。

　「よその子とゴーヤの成長は早い。」って博多華丸さんがいっていたけど、

自分の子どもの成長だって振り返ればあっという間だ。

　ゴーヤは苦手なので育てたことがないからわからないけど、きっとゴーヤの成長も早いのだろう。

　ぼくにとってはあっという間の1年だったけど、それは36年生きたうちの1年だからそう感じることだ。

　つまり、子どもとゴーヤの成長だけが早いのでなく大人の成長もキュウリの成長も早いのだ。

　子どもとゴーヤよりも伸びしろが少ないから、実感があまりないかもしれないけれど、大人だって成長している。

　2歳9ヶ月の息子にとっての保育園ですごした1年間のできごとは、人生の大部分をしめている。

　きっと時間的に長く感じて、昨日できなかったことが今日はできるという成長を本人も自覚しただろう。

いまのぼくの一番の先生は優くん

　保育園のお迎えにきみと一緒に行ったら、優くんがさくら組のあたらしいお部屋にあるものを、ひとつひとつぼくに教えてくれました。

　モデルルームの営業マンみたいだなぁ、なんておもいながら聞いてたけど、きっとお父さんに伝えたいんだろうね。

　優くんと一緒にいると、伝えたいという気持ちが人間の本能であることに気づきます。

　ぼくは芸術の根幹は伝えることだと思っています。

　人は伝えるために芸術をつかいます。芸術はあくまで手段で、伝えることが目的です。

　優くんが今日保育園であった楽しかったことも、嫌だったことも、な
んでもかんでも伝えようとするのは、ぼくたちに知ってほしいという本
能です。

　伝えようとする手段が36歳のぼくにとっては写真なんだけど、2歳の
優くんにとっては言葉なんだよね。
　優くんが一生懸命しゃべる言葉は、ドーナツなのかトーマスなのかわ
からないこともあるけど、ぼくにとってはすべて芸術です。
　いままでいろんな勉強をしてきたけど、いまのぼくの一番の先生は優
くんです。
　気づかなかったことを2歳児の目線で教えてくれます。

　園庭で友だちと楽しそうに走りまわる優くんを見ていると、みんな反
時計回りで走りまわっているから、みんな右足が利き足なんだなぁって

おもいつつ、あぁこうやってお友だちと遊んで、親の知らないところで成長をしているんだと感じます。

　親が子どもに知らないことを教えて、親は子どもから気づかせてもらって、親も子どももお互い離れたところで経験をして、それを伝えあう。
　結局、家庭教育ってこういうことでいいんだなぁっておもいます。
　もちろんこれも優くんから気づかせてもらったことです。

　今日も夕方に優くんのお迎えに行きます、今日はなにを伝えてくれるのか、いまから楽しみです。

　また書きます。

君は責任感が強いから

つらさとしあわせと、両方。

4月はいろいろな場所に行っていたような気がする。

桜が咲く時季なので、日本各地の桜をたのしむことができた。
ついでに日本各地の杉花粉も味わうことができた。
桜の美しさと、花粉のつらさって日本中どこも一緒です。

飛行機で2時間ちょいでいける沖縄は近場に感じて、電車で5時間ちょいかかる気仙沼などが遠く感じた。
一番混乱するのは飛行機で1時間ちょいでいける高知だった。羽田から八王子の自宅に電車で帰るよりも近い。
移動時間が短ければいいというものでもなくて、時間がかかるほうが写真をたくさん撮ることができたり、いろんな体験があるので、時間のかかる旅のほうがぼくは好きだったりする。
そのうちゆっくりフェリーの旅か青春18きっぷで鈍行列車の旅をしたい。

旅の多い4月だったけど、月の半分ほどは自宅に帰った。
息子が寝る前に遊んで、息子が寝静まった後に原稿を書いたり、写真の現像などパソコン作業をしている。
23時ぐらいにパソコンの処理時間待ちのときにウトウトとしてきてち

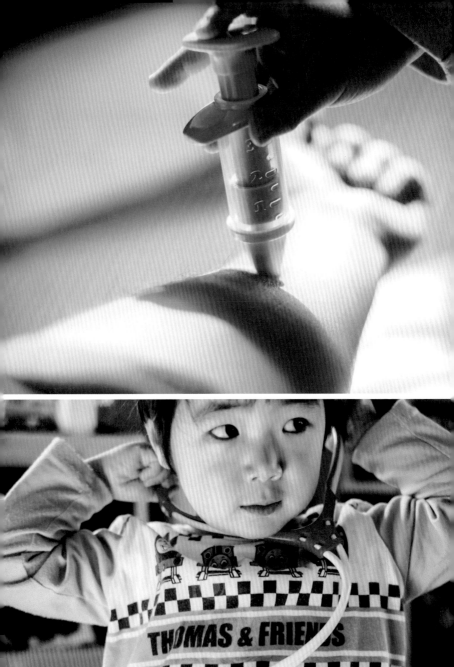

ょっとソファで休もうとおもったら、結局朝になっているということを
繰り返して、5日間ぐらいしか自宅のベッドで寝ていない。

　3人用ソファだと寝てしまいそう、という理由で2.5人用のソファにし
たのだけど、結局ソファで寝ている。
　しかも寝やすくなるようにオットマンを追加してしまったので本末転
倒だ。
　しかもパソコンでやるべき仕事が全く終わってなくて、翌日また撮影
して仕事量が増えていく。

　これはあまり良くないなぁとおもい、今月から（というか今日から）
自宅から少し離れた場所に事務所をかりた。
　パソコンだけの作業なので自宅でできるような気がしていたけど、子
どもがいるとむずかしい。
　もちろんできている人はいるのだろうけど、ぼくには無理だった。

　"あそぼうよぉ！"と断られることを知らない息子に笑顔で手をひかれ
れば、仕事の手を一瞬で止めて遊んでしまう。
　Amazonプライムをみながらチャギントンの歌とかうたっちゃうし、カ
ーペットのうえでゴロゴロして、ぼくの背中に息子が乗りながら"おと
うさんだぁ"と顔をうずめてくると、涙がでそうなほどうれしかったり
する。

　背骨に腫瘍があったときは背中に息子が乗れば痛みで動けなくなった
し、そもそもゴロゴロすることも不可能だった。
　そういうありがちな親子の思い出ができないだろうとおもっていたの
で、本当にうれしいのだ。
　できていたことができなくなるつらさと、できなかったことができる
ようになったしあわせ、両方感じている。

　最近はじめて息子を抱っこではなく、おんぶをすることができた。
　病気になると何かとハードルが極端に下がるのだ。しあわせのハードルも下がるけど、ふしあわせのハードルも下がるので要注意だ。

　月の半分ほどしか自宅に帰っていなかったのも、いまにはじまったことではなく、健康なころからずっとそうだった、写真家というのは家をあけがちなものなのだ。

優くんに感謝しないとね

　今日から自宅ではなく、外でパソコンの仕事をします。

　初日ですが、いきなり深夜にコレを書いています、いま深夜の3時っすよ。
　でも自宅でやってたら確実に寝てるところ、ここだと起きてやってます。
　初日にして確信してますが、優くんときみのまえでパソコン仕事をするべきではなかったね。

　きみも幼稚園で正職員をしていたときは、毎日お便り帳を持ち帰って、毎晩遅くまで書いていたし、なんかよくわからないイベントの準備でだいたい遅くまで働いていたよね。

　いまは保育園のパート勤務だから、持ち帰る仕事はなくなったかわりに、ぼくとおしゃべりする時間や優くんと遊ぶ時間にすることができて、すごくいいことだとおもったんです。
　なによりきみの笑顔がふえたよね、あと料理をしているときのハナ歌もふえた。すごくいいよ。

事務所をかりたのはそんなきみをみてきめたことです。
　いま夜中に仕事しているけど、お昼すぎから仕事をはじめて、夕方には優くんの保育園にお迎えに行って、優くんとご飯を食べて、お風呂に入って、絵本を読んで、優くんが眠りについてからまた仕事をしています。

　今日なにをしていたかとおもいかえすと、優くんと遊んでいた一日でした。

　きみは良くも悪くも責任感が強いから、ぼくが外でパソコン仕事をすることで、少し自分を責めているでしょう？
　迷惑をかけてしまったとか、負担をかけてしまったとか、そんな風に思ってるでしょ。
　ぼくは良くも悪くも責任感が弱いけど、優くんときみに対して負担をかけていたと感じているよ。

　ぼくもきみも働きやすい働きかたに変えただけです、きっかけは優くんだから、優くんに感謝しないとね。
　ふたりともブレーキのかからない仕事のしかたをしていたとおもうよ。で、死ぬ前に後悔しちゃうの。

　さぁ、明日はGW初日です、動物園に行こう。
　また書きます。

今日はケーキを買って帰ります

きっと、ぼくの知らないところで。

　今年にはいって3回目の入院をした、病気になってからはたぶん5回目か6回目ぐらいだ。そろそろベテラン入院患者と名乗ってもいいころだとおもう。

　ベテランだけに入院もスマートだ、70Lほどのスーツケースに必要なものをすべて入れて、映画をたくさんダウンロードしたスマホと本を1冊、それからカメラとパソコンをショルダーバッグにいれる。

　玄関にぶら下がっている1mほどの木製の靴べらを手にとって、おなじサイズ、おなじ色のジャングルモックが6足ならんだ下駄箱から、今日の一足を選ぶ。
　おなじサイズだけどはいている期間が違うから、それぞれはき心地が違うのだ。

　家族の付き添いはつけずに息子と妻に「じゃあね。」と笑顔で家をでる。
　アプリでよんだタクシーが外でぼくを待っている、目的地の病院は登録してあり、支払いはネット決済だ。旅行なのか入院なのか見分けがつかないほどスマートだ。

　入院中は映画をみたり、本を読んだり、原稿を書いたり、写真を撮っ

たりする。

　旅行先か病院かの違いだけで、やっていることも日常と変わらない。

　2日に一度くらいの頻度で妻が見舞いにきてくれる、妻から息子の様子を聞くのが入院中の一番のたのしみになる。

　ぼくはよくありがちな間取りの、家族向けのマンションに住んでいる。
　陽当たりのいい南側にキッチンとリビングと使い勝手の悪い和室があり、廊下をとおって北側に玄関と寝室がある。

　リビングの窓をあけると、風が廊下を走って玄関のすき間から抜ける。そのときにぶら下がった靴べらがカタカタと鳴子のように音をだす。

　この音を聞くと息子がぼくが玄関をあけて帰ってきたとかんちがいし

て「あっ、おとーさんだぁ！」と、風と一緒に玄関へ走っていくそうだ。

　玄関に行ってもぼくはいない。
「バァーッ！！」と、どこかに隠れたおとうさんが驚かしてくるのを期待して、暗い寝室をそーっと探したり、洗面所をそーっとのぞいてぼくを探しているそうだ。

　似たような出来事はいままで何度もあったと、妻はいつも笑いながら話してくれた。
　でもこの日は涙をためながら、少し声を震わせながら、妻が話してくれた。

　いつもは笑い話ですむことなのに妻が涙をためていたのは、ぼくを探す息子をみて、それがぼくが死んだあとの光景であることに気づいたからだろう。
　去年の年末にぼくは肺炎と敗血症になり緊急入院をした。

　死ななかった自分を褒めるぐらい、このときにはしっかりと死にそう

だったのだけど、弱ったぼくをみて息子がすごく不安そうだった。また
おなじ不安を息子に与えないためにスマートに家をでたのだけど、妻の
心にも不安の種のようなものがあるのだとおもう。

　妻の瞳にたまった涙はこぼれおちることはなかった。
　きっとぼくの前で泣いたらいけないとおもったのだろう。

　でもきっと帰りのエレベーターに乗っているときや、車に乗り込んで
エンジンをかけたときなど、ひとりでいる瞬間にあの涙はこぼれおちて
いる、妻はそういう人だ。
　ぼくの知らないところで、本当はなんどもなんども涙を落としている
んじゃないかな。
　ずいぶんとスマートに泣く人だ。

きみの誕生日と結婚記念日、おめでとう

「つらいときは泣いてもいいんだよ。」とか「無理しないで泣いていいん
だよ。」みたいな言葉ってぼくは病気になってから50回ぐらい言われて
いるんだけど、20回目ぐらいで「あぁ、これはぼくが泣いているところ
をみて、自分が満足感をえたいだけだ。」ということに気づきました。

　あれって勘違い系J-POP君の言葉であることがおおいからきみも気を
つけてね。
　特徴はJ-POP系の歌詞にそのまま使えそうな励ましの言葉がセットです。
　だいたい「ありのままでいいよ。」って励ましてくるし。

　ぼくはきみにそんな言葉をかけるつもりはまったくないけど、きみが
不安なことにぼくは気づけていなかったね。

そりゃ、さすがにまったく不安感がないとはおもっていなかったけど、病室でみたきみの涙で、きみの具体的な不安に気づきました。

　ぼくも咳が続いたり、タンが出るだけでも、また肺炎かも……って不安になって少し落ち込みます。背中が痛くなったり、足がふらつくだけでもまた背骨に腫瘍があるんじゃないかと不安になります。

　いちどでも心に不安の種が植えつけられると、些細なことでも心配になるものです。
　はたからみればただの、とりこし苦労なんだけど、この不安感はなかなか理解されないものです。

　火傷の痛さや、水中で息ができない恐怖や、パチンッていう静電気の怖さを知っていることとおなじです、やっぱり怖いですよ。それでも誰かの不安感というのはやっぱり理解はされにくくて、たぶんぼくも（ぼくだからこそかも）きみの不安を理解することはとても難しいことだとおもいます。

　ぼくの心にもきみの心にも、きっと優くんの心にも不安の種はあって、この種に水を与え続けると、恐怖の花みたいなものが咲いてしまいそうです。さて、これはどうしたらいいものかね。水を与えないように現実逃避するのがいいのか、花が咲くのを受け止めるのがいいのか。ぼくもイマイチなにがいいのかわかりません。

　肺炎で不安の種ができたわけじゃなくて、ぼくが病気になってからすぐにふたりに種がまかれたんだろうね。きっと肺炎でちいさな芽が出てしまったのだとおもう。
　そしていつか必ずこの花は咲いてしまうとおもいます。

それは避けようがないことだから、咲いたときにどうするかをいまのうちから考えたほうがいいね。これからときどき、考えようとおもいます。

　この連載は金曜日に更新されるはずだから、今日は7日です。
　きみの誕生日だね。おめでとう。
　33歳か34歳ぐらいだよね、どっちだっけ？　まぁいいや、とりあえずおめでとう。

　そして今日は結婚記念日です、8年たったね。おめでとう。
　ケーキを買って帰ります、ローソクを吹き消すのはきっと優くんです。

　また書きます。

ぼくと きみが
変わらないのは

妻と友人の会話を聞いていて

　平日昼間の人もまばらなショッピングモールに妻とでかけた。

　焼きたてのパンが食べ放題のお店で、少しおそめのランチを一緒に食べたあとは、集合時間と場所だけをきめて別行動をする。ぼくたち夫婦はショッピングモールではいつも別行動だ。

　行きたいお店も見たい商品も違ううえに、保育園のお迎えの時間などもあるので、分かれたほうが効率的というのがもっともらしい別行動の理由なんだけど、ぼくが妻の買い物に付き合いたくないというのが本音だ。

　女性の買い物に付き合うのは体力がいる、ぼくにはその体力がない。
　体力をふりしぼった旦那さんが力尽きてショッピングモールのベンチで眠っているのを見ると、戦場帰りの兵士のように見えて尊敬する。

「幡野さん……ですか？」

　食べ過ぎた焼きたてのパンがボディブローのように効いているときに、小さな子どもを連れた女性に声をかけられた。

　最近は街中で声をかけられることも増えた。

　こんな熊みたいな熊に声をかけるのは勇気がいるとおもう。
　声をかけてくれた人にはこちらも丁寧に応対しているつもりだ、空腹具合に関係なく襲って食べたりはしない。野生のやつらのように野蛮ではない、ひとくくりにしないでほしい。

　声の主をよくよくみると、妻の高校の同級生の友人だった。
　ぼくも何度も会ったことがあるし、うちにもよく遊びにきてくれていた。

　おおお、と驚きつつ少し会話したあとに妻も合流すると、他愛もない話で盛り上がった。妻と友人の会話を聞いていて、安心したことがある。
　ふたりともマウンティングをしないのだ、自慢することも卑下することもない。

　他愛のない話なんだけどバランスがうまい。

妻は同性にマウンティングをされることがおおい。

　マウンティング女子の星にマウントされた星のもとに生まれたのではないかとおもうくらい、よくマウンティングをされている。息子の保育園のママ友だろうが、自分がつとめる保育園の同僚だろうが、親族にすら、とにかくよくマウンティングをされている。

　妻はどこか人畜無害な雰囲気があるし、人に対してなにかを自慢するということがないうえに、いい返したりやり返すということもしないので、マウンターには安心してターゲットにされやすいのだろう。

　それでいてマウントされればダメージを受けるので、少しやっかいなのだ。

きみと結婚してよかったなとおもうこと

　いい友だちってなんだろね？

　なんとなくこのあいだばったり会った友だちがひとつの答えのような気がします。

　彼女はきみが子どもを産んでも変わらないし、ぼくが病気になろうが変わらないし、なによりも彼女自身が結婚をしても、子どもをふたり産んでも変わらない人だよね。

　ぼくが彼女とはじめて会ったのは8年くらい前になるけど、それからまったく変わらない。きっと高校生のころから成長こそあっても、変わらない人なんじゃないかな。

　あくまでぼくの主観だけど、いい人だよね。

ぼくたちにとってはいい友人だけど、きっと旦那さんにとってはいい妻なのだろうし、子どもたちにとってはいい母なのだとおもう。

　マウンティングをしてくる人って旦那さんの仕事だったり、住んでいる家のことだったり、子どもの成長のことだったり、交友関係や人脈だったりとかさ、本当は自分とは関係のないところでマウントしてくるんだよね。

　あの心理は本当に不思議なんだけど、たぶん自信がない人なんだとおもう。
　自信がないから自分よりも下をみつけて安心したい人なんだとおもう。

　きみにマウントとっていた人が、なにかのきっかけでぼくのことを知ったりすると、急にきみに対する態度がしおらしくなるというか、とにかく変わるわけじゃないですか。本当にくだらないよね。

　結局のところ、自分のことだけを見ていて相手のことをまったく見ていない人なんだよ。マウンティングをしてくる人って自分の話は呼吸をするようにペラペラしゃべるけど、相手の話はまったく耳にはいっていないからね。

　ぼくがきみと結婚してよかったなとおもうのは、人に対してマウントをとらないことです。

　写真家の世界ってけっこうマウントの世界で、シャッターを指じゃなくてマウントで押してる人がいっぱいいて、ぼくはグヘェとしちゃってます。そういう世界で生きているから仕方のないことなのかもしれないけど、家庭やプライベートまでグヘェとさせられたくないよね。

菜箸でひっくり返される揚げ物のようにコロコロ態度が変わってしまう人がたくさんいるからこそ、変わらない人って大切です。ばったり会った友だちのこと、大切にしたほうがいいです。

　変わらない人と一緒にいれば、自分も変わることがありません。

　ぼくが変わらないのは、きみが変わらないからだとおもいます。
ぼくが変わらないから、きみも変わらないのかもしれません。

　また書きます。

「おとうさんに会いたい」 と言われて

きっと、織田信長だって

『ロシアより愛をこめて』みたいなタイトルの映画があったような気がする。

　遠くの国から愛をこめたり、世界の中心で愛をさけぶよりも、近所で落ち着いて愛情を伝えるほうが、距離が近い分さけばなくてすむし、伝わりやすくていいような気がぼくはする。

　いまロシアのウラジオストクという街を旅している。

　ぼくは007みたいなシックスパックのエージェントではなく、ただの

メタボリックのフォトグラファーだ。写真を撮っているだけなので銃撃戦に巻き込まれることはないけど、それでも旅にトラブルはつきものだ。トラブルを解決していくのが旅なのだ、きっとトラブルがまったくない映画は退屈だ。

　人生だってトラブルがたくさんある、乗り越えたり逃げてみたり、たくさんの選択肢があるなかで解決していく、人生だって旅みたいなものだ。

　海外にいるときに手紙のようなものを書くと、万が一のことが頭をよぎり、少しおおげさになってしまいがちだから気をつけたい。万が一はやっぱり万が一であって、ぼくはいままでに帰国できなかったことも、旅先で死んだこともない。

　万が一、旅先で死んじゃったらそれはそれで、決して悪くはないような気がする。ぼくは最後の死に方を気にするよりも、それまでの生き方を気にしたい。最後の死に方で故人を語るよりも、生き方で語るほうがその人にとってもいいんじゃないだろうか。

　織田信長だって本能寺ばっかり注目されて、うんざりしているとおもうんです。

きみも好きなことしてね。

「お父さんにあいたいっていってる。」というメッセージを読んでホームシックがぶりかえしました。ぼくはひとり旅が好きだけど、旅先でホームシックになる少しめんどうくさいタイプです。

　独身のころからたいていの旅のトラブルは乗り越えてきたつもりだけ
ど、お父さんになってホームシックを乗り越えるようになるとはおもい
ませんでした。大人になるといろんな物事のハードルって下がるように
感じるけど、大人は大人なりにハードルが増えたりするんだよね。

　ぼくが海外に行くことできみは心配をするかもしれないけど、イクラ
を食べたりタラバガニを食べたり、ぶあついステーキを食べたり日本で
は見かけないビールを飲んだり、美しい街並みを眺めながらおいしいケ
ーキやカフェラテをたのしんでました。

　病人とはおもえないほどたのしんでいるので、心配しなくて大丈夫で
す。子育てをきみに押し付けておいて、たのしんでいるので死んだ後が
ちょっと怖いです。

　少しでも罪ほろぼしをしようと、今日はお土産を買いに行きました。き
みにはサーモンとイクラとイカの塩辛みたいなものと鯖を2本買いまし
た。優くんにはマトリョーシカと海軍の帽子を買いました。

　ロシアのお金が少しあまってしまったので、マトリョーシカのなかに
入れておこうかとおもいます。優くんがいつかロシアにでも行くときに
つかってくれればいいかな。

　優くんを見ていて感じることだけど、好きなことができる健康体とい
うのは素晴らしいことです。無限の体力をつかって、たのしいことや好
きなことだけをしている。3歳児らしい人生を謳歌している、うらやま
しいぐらいたのしそうな人生だ。

　健康な人と会話していると「ぼくだって今日の帰り道に交通事故にあ
って死ぬかもしれない。」みたいなことをいわれる。幡野さん命みじかめ

だけど、ぼくだってわかんないっスよね、みたいなニュアンスだとおもうんだけど、交通事故で死ぬリスクは病人だって一緒だよね。

　なんで病人が交通事故で死なないとおもってるんだろ、病人だって病気以外で死ぬっつーの。

　むしろ健康体でないぶん、事故を回避できないかもしれないし、もしも事故にあったときに健康な人よりも助かりにくい可能性だってある。どう考えても病人のほうが死のリスクは高いとおもう。

　だから健康な人ほど好きなことをたくさんやってほしい。でももしも病気になっても夜になって眠れば、健康なころと変わらず朝がやってくる、健康なころと変わらない生活を心がけることだって大切だ。

　ロシアに来ちゃったものだから、結局ちょっとおおげさなことを書いてしまったけど、ようはきみも好きなことしてね。

　また書きます。

きみが スイカを 美味しそうに 食べていると

息子がよろこぶ顔を想像しながら

　美味しいスイカを食べさせたい。

　最近スイカにはまっている。はまっているというのは、ぼくがスイカにめりこんでいるという意味ではなく、よく食べているという意味だ。

　ぼくがスイカを食べているとなぜか息子がすごくよろこぶ。でも息子はまったく食べない、たまにぺろっとナメるぐらい。

　岡山県瀬戸内市にある牛窓町（うしまどちょう）の田舎道を車で走っていると、スイカの直売所があったのでおもわず寄ってみた。たくさんのスイカが並んでいる、今朝収穫してきたばかりらしい。

　店員のおばちゃんにすすめられたのはゴロッとしたおおきなスイカだ、値段は1000円だった。東京で買ったら3倍か4倍はするんじゃないだろうか、でもおおきすぎる。これから新幹線で東京まで帰るのだから、もう少し小さいものがいい。

　おばちゃんにそう伝えると、サッカーボールぐらいのスイカをすすめられた、値段は700円。山積みにされた空ダンボールからちょうどいいサイズのダンボールを笑顔で探してくれた。

　おばちゃんにお礼をつげて岡山駅までむかい、岡山駅のレンタカー屋さんでスーツケースとダンボールを東京まで運ぶということに気づいた。ダンボールは両手で持つものだ、でも片手にはスーツケースがある。ダンボールとスーツケースの相性はすこぶる悪い。

　意を決してダンボールを捨て、裸のスイカを脇に抱えていくことにした。こっちのほうが持ち運びの安定性は上がる、しかし耐久性が下がる。

　新幹線乗り場まで左脇にスイカを抱え、右手にスーツケースをガラガラさせて歩いた。右肩にはカメラがある、どっからどうみても観光客だ。

　岡山県はヤンキーがおおいので、スイカ狩りに遭わないか不安だ。鴨がネギを背負うように、病人がスイカを脇に抱えているのだ。ラグビー選手のように守りながら行くしかない。

　3〜4kgのスイカを脇に抱えて歩くことがこんなにも大変だとはおもわなかった。体力が落ちたということもあるけど、とにかくツラい。ラグビー選手の練習にいいのではないだろうか。

　なんとか新幹線に乗り込むと、こんどはスイカの置き場に困る。網だなだとコロコロ転がっていってしまいそうだ。となりの空席にのせようかとおもったけど、このさき新大阪と京都と名古屋に停車する。自分が座ろうとした席にスイカがあったらきっと嫌だろう。

　少し悩んで、足もとにスイカをおいて、転がらないように両足でホールドした。皇帝ペンギンのオスが卵を温めているみたいだ。2ヶ月間も卵を足もとで温める皇帝ペンギンにくらべればラクなものだし、なによりラグビースタイルよりもはるかにラクだ。

　東京駅に着いたらまた、ラグビースタイルだ。そして東京駅は混んでいる、もしもスイカを東京駅で落として割ってしまったら、きっとネットニュースになるだろう。「東京駅にSUIKAが落ちてるw。」みたいな。

　すぐに犯人がぼくであることが特定されて、大炎上だ。スイカを抱えているのではなく、爆弾を抱えているようなものだ。とにかく慎重に行くしかない。

　息子がよろこぶ顔を想像しながら、自分を励ましながら、途中2回休憩して中央線に乗りこみ皇帝ペンギンになって、八王子駅からはまたラグビースタイルで自宅に帰った。八王子はマイルドヤンキーがおおい、スイカ狩りに遭うリスクは岡山ほどではない。

　帰宅して時計をみるともう23時だ、息子のイビキが聞こえる。スイカが割れないように、息子をおこさないように、そーっとソファにトライして、スイカを持って帰ってこれた自分を褒め讃えた。

お金の教育は、ぼくたちがすべきこと

　優くん、やっぱりスイカ食べなかったね。

「ゆうくん、スイカきらい。」って自分でいってたよ。なんで自分が嫌いなものをぼくが食べていると、あんなにうれしそうなんだろうね。

　保育園からのおたより帳には「お父さんがスイカと一緒に帰ってきた。うれしそうに教えてくれました。」って書いてあって、たしかに一週間ぶりに帰宅したからうれしそうだったし、はじめてみる玉のスイカに興奮していたけど、やっぱり食べようとはしないんだよね。

東京で売っているスイカは高いけど、あれは適正価格ということがよくわかりました。700円で買ったスイカはとても美味しかったけど、東京で3500円の値札がついていても適正な価格です。その差額は苦労と努力です。

　商品の値段が安いことがいいことだとおもったり、原価だけを気にして、利益を出すことが悪いことのようにいう人がいるけど、生産だけじゃなくて、流通にも販売にもいろんな人が関わっているのだから、安いことが必ずしもいいことではありません。

　たくさんの人が関わっているのに、ものを安く売ってしまったら、みんなの収入が下がるだけです。お金の教育って学校ではしてくれないから、ぼくたちが優くんに教えていくことです。自分の収入が下がることにはしっかりと怒るくせに、見知らぬ誰かの収入が下がることに無関心な大人ではいけないとぼくはおもいます。

　新幹線でスイカを持って帰ることは、腕が筋肉痛になるのでもうしないとおもうけど、来週は北海道に行くので鮭を1本持って帰ってくるかもしれません。美味しいものを食べてほしいし、ぼくも美味しいものを食べたいんです。

　きみがスイカを美味しそうに食べていると、なんだかぼくもうれしくなります。

　また書きます。

ぼくの寝いこえにしていること

たとえ息子がミルクをこぼしても

　濃い目のエスプレッソを氷のはいったグラスにいれて、たくさんのミルクをそそぐ。いつもとおなじアイスのカフェラテができる。妻は甘いカフェラテが好きなのでいつもガムシロップをいれる。夫婦そろって猫舌なので、ホットのカフェラテをのむときは雪がふった日ぐらいだ。

「おとーさん、コーヒーのむ？？」
　今朝のアイスのカフェラテは息子がいれてくれた。

　冷凍庫をあけてアイスクリームの誘惑に負けずに、お父さんの好きなグラスに氷をいっぱいいれて、エスプレッソマシーンを操作する。ミルクをたっぷりといれてくれるけど、1Lの牛乳パックからそそぐのがむずかしいのか、だいたいミルクがこぼれる。

　子どもの行動なので失敗をすることのほうがおおいし、時間的にもおそい。
　3歳児の息子がやるよりも、36歳児のぼくがやったほうがまだ失敗も少ないし、時間的にもはやい。でも息子がやりたいことならやらせている。

　子どもがやりたいことをやらせずにぼくがやっていれば、息子は4歳になっても14歳になってもコーヒーはいれられないだろう。

　ミルクをこぼしても、ぼくは絶対に怒らない。息子の失敗を怒らない
ということを、ぼくの憲法にしている。

　怒らないでこぼしたミルクを拭き取ることを教えている。子どもにと
ってミルクをこぼすことは失敗なのかもしれないけど、人生なんて失敗
の連続だ。
　ぼくだってたくさんの失敗をして生きてきて、死にかけている。

　いま書いているこの原稿も、ほんとうは昨日の夜に書こうとしたけど
睡魔に負けた。
　朝早く起きてから書けばいいやと寝てしまい、早朝の4時から5分おき
にセットした10個のアラームを4時10分には「ヘイSiri、アラーム解除
して。」のひと言ですませて二度寝して、7時に息子に起こしてもらった。
失敗というよりもガムシロップのように自分に甘いのだ。

　人生に失敗はつきものなのだから、失敗に対処する力が大切だ、そし
てできれば自分に甘く生きたい。そのためにいまとてもはやいタイピン
グをしている。

　失敗を怒っていたら子どもは萎縮して対処ができなくなり、失敗を恐
れる大人になってしまうのではないかとぼくは考えている。失敗が怖く
てやりたいことができない大人になってしまうのではないか、もっと悪
くすれば誰かの失敗をよろこんだり、わらうような大人になってしまう
のではないか。

　息子には自分の失敗を恐れずになんでも挑戦してほしいし、誰かの失
敗を許せるような人になってほしい。そのための教育としてぼくは息子
の失敗に怒らずに、対処することを教えている。

　教育というのは目的にあわせて、手段や方法をえらぶことなのだとぼくはおもう。甘いカフェラテが飲みたければガムシロップをいれるように、甘いカフェラテが飲みたいのに塩をいれる必要はないのだ。

甘いカフェラテをのむときに

　昨日、東京の津田塾大学で講義をしてきたんです。教室で25人ぐらいの学生さんに教えるのかとおもっていたら、おおきな講堂で250人の学生さんがいるということを、講義のはじまる30分前に知ってグヘェとなりました。

　もちろん担当の学生さんからメールで伝えられていたのだけど、なんとなく甘い勘違いをしてしまう、いつものぼくの失敗です。津田塾大学

は女子大なので250人の女子です、妙な居心地の悪さを感じたけど、男
性がおおい場所にいる女性もきっと似たような感覚になるんだろうね。

　なんとか講義は終わって、その後に10人くらいの学生さんたちとお茶
をしていろんな質問をされました。写真のことや、子どものこと、病気
のこと、お金の稼ぎ方、将来の夢のこと、仕事のことなど、時間が足り
ないほどたくさん質問をされました。

「自分のやりたいことがわからない。」という学生さんが何人かいました。
ぼくはすぐに親に問題があるとおもいました。ある学生さんは子どもの
ころから子どもが決めるべきことを母親が全て決めてしまったそうです。
津田塾大学を選んだのも母親でした。

　それでいて将来を自分で決めなさいと母親からいわれるそうです。将

来を決めるというおおきな決断を下すことは、それまでにちいさな決断を下していなければできません。国内旅行をしたことがないのに、いきなりインドあたりの国にひとり旅をするようなものです。

　彼女にはコンビニで好きなお菓子を選ぶことからはじめたほうがいいよと伝えました。

　それができたらファミレスで好きな料理を選んで、好きな洋服を選んで、好きな本を選んで、好きな映画を選んで、好きな音楽を選んで、そして好きなことを勉強してほしい。

　たくさんのちいさな自分の好きを探して選び直すしかありません。

　親が自分の好きを子どもに押し付けてしまったり、失敗することを咎めていたら、自分のやりたいことがわからない大人になってしまうのだとおもいます。

　もちろん彼女たちの母親たちだって、自分の子どもをやりたいことがわからない大人にするためにやったわけじゃなく、むしろ自分でなんでも選んで挑戦する子になって欲しかったはずです。

　でも結果として甘いカフェラテをいれようとして塩をいれるような教育だったのだとおもいます。そして本当は塩なのにガムシロップだと信じているから、うちの子はダメだと塩をいれ続けてしまう。

　きっと彼女たちは自分の好きなことをみつけて、挑戦をするまでに何年も何十年も時間がかかるとおもう、もしかしたら一生できないかもしれません。

これはぼくたちも肝にめいじるべきです。優くんはぼくたちの子ども
だけど、それは優くんが子どもであるいまだけです。ぼくたちは宇宙ロ
ケットのブースターのように、打ち上げには必要な存在なのだけど、ロ
ケットが軌道にのったら切り離されるべき存在です。

　燃料の切れたブースターがくっついていたら、ロケットも動きにくい
よね。
　そしてロケットをどこの軌道に向かわせてあげるかが大切です。
　ぼくたちが月に行きたくても、優くんは火星に行きたいかもしれない
からね。

　教育って算数や国語や英語を教えるだけではありません、それはぼく
たちよりも得意な学校の先生や塾の講師がいます、ぼくたちがするべき
教育を考えましょう。
　このことは甘いカフェラテをのむときに、少しだけ考えてみてください。

　また書きます。

優くんがかいた丸はきっと

バイキンマンが本当にいなくなったら

「おとうさん、わるいことして。」と息子がぼくにいってくる。少しだけ悪意をこめて妻のモノマネを鼻声で披露する、妻の目の前で。そうすると息子は「ママ、ないて。」と妻にいう。少しだけ大げさに「えーん、えーーーん。」と妻は泣き真似をする。

　つぎの瞬間に「コラーーー！！」と息子はぼくに怒ってくる。ぼくはごめんなさいと息子と妻に謝る。息子は満足そうに「ママ、やっつけたよ。」といい「優くん、ありがとう。」と妻は感謝をする。

　ぼくはこれをアンパンマンごっこと呼んでいる。はじまると1時間ぐらい繰り返す。

　賞賛をほしいがために消防士が放火をするような感じと似ているんだけど、ぼくにはこれがアンパンマンとバイキンマンの関係性に見えてくる。アンパンマンとバイキンマンはお互いにトドメを刺さない。どう考えても、トドメを刺すことができる状況でも刺さない。いつもあと一歩だ。

　ぼくがバイキンマンならまずジャムのいるパン工場を急襲する。
　アンパンを製造できなくすれば、あとは賞味期限が切れるのを待って、弱ったアンパンマンにトドメを刺せばいい。急襲する時期は梅雨がいい。

　カビも生えやすく、アンパンマンは雨にも弱い。きっと保存料も使っ
てないだろうからすぐに悪くなる、楽勝だ。

　ぼくがアンパンマンなら、アンパンチでバイキンマンを撃退したら、確
実に逃げるさきはバイキンマンの城なのだ。
　バイキンマンの退路に食パンとカレーを配置する。敗走中のバイキン
マンを追撃する。彼らでも充分勝てるだろう、楽勝だ。

　敵の補給路や退路を断つというのは戦略において基本だとおもう、で
も彼らはやらない。それはきっと全員の笑顔のためだと、ぼくは息子に
怒られ、妻に感謝されてうれしそうな息子をみながらおもった。バイキ
ンが本当にいなくなったらアンパンも困るのだ。バイキンが悪さをする
からアンパンの存在意義が保たれる。

　アンパンマンごっこは子どものうちに経験してほしい、これを大人に
なってリアルな人間関係でやってたら少し大変だ。

　そもそもぼくも妻も「コラーーー！！」なんて息子に怒鳴ったことは
一度もない。
　保育園で覚えたのか、YouTubeで覚えたのか、親が教えなくとも子ど
もは吸収をする。
　息子に怒鳴らずとも、息子は怒鳴ることを覚えてくれて正直なところ
ありがたい。
　ちょっとわるいことなんて、どんな時代も親以外から教わるものだ。

「おとうさんと、ママと、ゆうくん!!」

　保育園で優くんが絵をかいて、もって帰ってきたね。いままでは塗り
絵のようなものが多かったけど、保育園ではじめて何もかいていない紙
に、自分の意思で絵をかいたのだとおもう。

　おおきな丸がひとつ、そのなかに少しちいさい丸がひとつ、もっとち
いさい丸がバラけるようにいくつかある。

優くんが絵をみせてきたときに、ぼくはてっきりアンパンマンの顔だとおもって「アンパンマンかいたの？」ときいたら、きみが間髪入れずに「ちゃんと、何をかいたか聞きなよ。」とただしてくれて、そりゃそうだと優くんに聞くと「おとうさんと、ママと、ゆうくん！！」とうれしそうに教えてくれた。

　おおきな丸が誰なのか、ぼくのような気もするけど、いろんなところに出かけてしまうお父さんを、ちいさい丸をバラけさせて表現したのかもしれない。おおきな丸はきみで、すぐ近くにいる少しちいさい丸が優くんで、バラけたちいさい丸がぼく。

　ちいさい丸もおおきな丸からは出てはいなくて、たまにいないけどちゃんと帰ってくるというようにも感じる。そんな気がする。

　子どもの絵って上手い下手という軸で考えれば、とても下手だ。
　だけど、いいかわるいかという軸で考えると、とてもいいものです。
　上手くかこうという気がなく、純粋に好きなものをかくので、ぼくはとても好きです。

　絵をみるときに"上手い＝すごい"みたいな軸だけで考えてしまうと、下手な絵をかく子は絵が嫌いになっちゃいそうだよね。好きなものを人目や評価を気にせずに、自由にかけるということが、どれだけ素晴らしいことか。これは大人がほしいものですよ。

　もう少しすれば優くんも人の目や評価を気にしたり、上手くかこうとしたりします。
　○○をかきましょうみたいなお題の授業もあるだろうし。好きなものを友だちからバカにされるかもしれない。

子どもの好きを大切にしてあげることも大切なことなんだよね。いま
は家族が好きだから、あの絵をかいたんだよね。丸は家族をかいている
ようで、家族が好きという感情をかいているのだとおもいました。

　とてもいい絵だとおもいました、最初にアンパンマンだとおもってし
まったのは失敗だった、ごめん。

　写真なんかもそうなんだけど、人ってわざわざ嫌いなものを撮らない
んです。
　きみのスマホに保存された写真だって、きっと優くんだらけでしょ。そ
れは優くんが好きだからですよ。

　少し成長すると子どもの写真って撮らなくなるとおもうの、たぶんそ
れが普通です。
　優くんだって少し成長すれば家族の絵ではなく、他の好きな絵をかく
とおもうんです。
　それは別に嫌いになったということじゃなくて、成長して視野が広が
って好きなものも広がったということです。

　また書きます。

ずっと そばに パパは いるよ

自分の歌で悲しんだとおもわせたくない。

　つい最近、4歳の女の子と遊ぶ機会があった。
　初対面のクマにも無邪気に話しかけて手をつないでくれるような、クマ見知りしないかわいい子だった。

　海の見える公園で女の子とふたりで遊んでいると、歌をうたってくれた。
　女の子のママは少し離れたところで、ぼくと女の子を見守ってる。

　女の子がうたってくれた歌は、保育園で元気に大声でうたうようなものではなく、若い女性の歌手がうたう、あなたに会いたい系の歌だったような気がする。

「かなしくなっちゃうの。」うたいおえると、女の子はそういった。
「どうして？」とぼくが聞くと「パパのことを思い出しちゃうから。」と答えた。
　女の子のパパは、女の子が2歳のときに病気で亡くなっている。
　いまのぼくとあまり変わらない年齢で、そんなに変わらない病気で亡くなっている。

　もちろんママから伝えられていたので、知らなかったわけじゃない。

それでも「パパのことを思い出しちゃうから。」というあまりにも正直
な言葉にドキッとしてしまった。なんて言葉をかえしたらいいかわから
ない、そんなときは相手の言葉を引き出して肯定をしてあげるにかぎる。

「そうだよね、パパに会いたいよね。どんなパパだった？」
「優しかった。」
「○○ちゃんになんていってたの？」
「ずっと○○のそばにいるよっていってた。」
「そうだね、ずっとそばにパパはいるね。」

　涙をひっこめるのを地球の重力に手伝ってもらうために、空を眺めた。
　涙が重力に負けるのか、人体の構造なのかわからないけど、ちいさい
女の子のほうをむいていたら、涙が落ちてしまいそうだ。

　泣くわけにはいかない、泣いていることを悟られるわけにもいかない。
　自分の歌で悲しんだとおもわせたくない。

　夏にみかけるような季節外れの雲が夕日でオレンジ色に染まっている。
　心を落ち着かせるために、写真を撮る。一種の現実逃避なのかもしれ
ない。

「パパはずっとそばにいる。」パパののこした言葉が女の子の支えのひと
つになっている。
　ぼくにできることは、その言葉を肯定してあげることしかない。
　少しでも支えを補強するように、もしも否定の言葉がきたときに負け
ないように。

　ママが少し離れたところで女の子を見守ってるように、パパは女の子
の心のなかで支えになっている。

"人は死んでも、誰かの心のなかで生きる"
　そんなことをぼくはいままでに何度かいわれた。

　ぼくのことを慰めるためなのかもしれない。
　具体性のない言葉にあまりピンとこなかったけど、4歳の女の子の正直な言葉で理解させられた。

　人は死んでも、誰かの心の支えになることができるのだ。

たのしいことや優しいことのほうが

　きみとふたりで生活していたころのことをぼくはあまり覚えていない。
　結婚してから5年ぐらいはふたりでどこかに旅行に行ったり、美味しいものを一緒にたくさん食べたりとたのしい日々だったはずなんだけど、優くんが生まれてからの日々に記憶が上書きされたようにも感じる。

　記憶は日々上書きされて更新されるので、優くんが1歳のころの誕生日の記憶よりも、今年の誕生日の記憶のほうが鮮明だ。
　ぼくの記憶容量がそもそも少ないということもあるけど、当然といえば当然だとおもう。写真を見返すと青春のころに聴いていた音楽のように、いろいろなことを思い出す。

　子どもの記憶だって、日々たのしいことで上書きされていく。子どもだから忘れるわけではなく、それだけ人生が充実している証拠だ。
　いまを生きていないおじさんほど、むかし悪かった自慢をしたり、過去の栄光という本人しかのめない酒でベロベロに酔いしれるものだ。

　優くんと一緒にぼくのパソコンで写真を見返していると、結構ちいさ

いころの記憶まであるものだ。大人になると幼児期の記憶は薄れるもの
だけど、3歳の優くんからすれば最近のことなんだとおもう。

　日々の生活のなかでどんな思い出を残すか、これはとても大切なこと
なんだとおもう。子どもは大人になったときに忘れるかもしれないけど、
子どもであるあいだはしっかり覚えている。

　思い出は怖いことや不安なことよりも、たのしいことや優しいことの
ほうがやっぱりいいだろうとぼくはおもう。記憶が子どもの心の支えに
なり、守ることにもなる。
　家族でどこかに旅行に行ったことだけが、思い出ではないけど。
　年末は北海道に3人で行きましょう。

　また書きます。

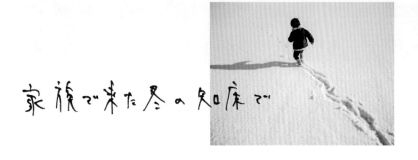

家族で来た冬の知床で

クリスマスには、お父さんがいなくなる

「いい子にしているとサンタさんがやってくるよ。」そんな言葉をあちこちで耳にする。ラジオでもテレビでも、クリスマス前になると急にいわれだす言葉だ。息子は耳のタコがサンタになるほどいわれているんじゃないだろうか。

　最近、ぼくは神父さんと友だちになって、人生ではじめてミサを見学させてもらった。「クリスマスはどんな悪い人にもやってきてくれる、それをよろこびましょう。」そう神父さんが信者さんに教えていた。

　あぁそうだ、誰にだってクリスマスはやってくるのだ。"いい子にしていると～"というのはただの大人の都合だとおもう。マリア像であたまを殴られたような気分になった。

　去年と一昨年、2年連続でぼくはクリスマスと年末年始は病院ですごしている。ハワイですごしているみたいなトーンでいったけど、病院が好きで入院バケーションしているのではなく、体調不良でいたしかたなくだ。

　今年のクリスマスも入院してしまうんじゃないかと不安になった、2度あることは3度ある的なアレだ。冷静になって考えれば、そんなこと

は起きない。入院しない可能性のほうが高いだろうけど"不安"というのは怖いもので、ついつい悪いほうへと考えてしまう。

いい子にしていれば……なんてことも考えたことがあるけど、キリスト教徒でもない極東の島国の病人に天罰をあたえるほど神さまもヒマじゃない。

おおきな病気になると神さまからの天罰であると考える人がたくさんいる。神さまはそんなにヒマじゃないだろうけど、神さまはもしかしたらオレのせいにしとけっておもってるかもしれない。

3歳の息子は、お父さんとクリスマスをすごした記憶がない。もしかしたらクリスマスは、お父さんがいなくなる時期として捉えているかもしれない。いまこの原稿をクリスマスの夜に書いている、場所は北海道の知床だ。

知床の病院に入院してるわけじゃない、家族で知床旅行をしている。

子どもは大人の表情をよく読んでいる

「きみって飛行機に搭乗するの何回目?」って北海道に向かう機内で何気なく質問したら「これで2回目、1回目は新婚旅行の台湾。」という答えにぼくはちょっと衝撃を受けました。

搭乗回数のおおさで優劣があるわけじゃないけど、ぼくは今年だけで10回以上は搭乗したとおもいます。新幹線もたくさん乗っていろんなところに行ったけど、きみの人生2回目の飛行機ということで、家族旅行をしていなかったんだろうなっておもいました。

そしてきみに子育てを任せっぱなしなんだよね、ごめん。そして自由に好きなことをさせてくれてありがとう。

車ではそれなりに出かけているとおもうけど、短時間で長距離を移動できる飛行機はやっぱりラクです。

むしろなんでここまで飛行機をつかった旅にきみをつれて行ってあげなかったんだろう？　って北海道で雪一面の景色のなか運転をしながら考えていたのだけど、たぶん台湾できみのことがめんどうだと感じたんだろうね。たしか台湾でケンカして、ぼくは二度ときみと一緒に海外にはいかないと心に決めた気がするんです。

優くんははじめての飛行機でちょっと緊張していたけど、怖がって泣くことも騒ぐこともなくて、これならどこにでもいけるなぁという感じがしました。機内で不安そうな表情でぼくを見ていたのでぼくが笑顔でかえすと安心したのか、優くんも笑顔になっていました。

「お父さんが去年のクリスマスに入院してたときに不安だった？」って優くんに聞いたんです。やっぱりすごく心配だったのか、くもった表情で「うん。」っていってました。なんだかんだと病人らしく今年は3回ほど入院したけど、そのたびに不安だったんだろうね。

子どもは大人の表情をよく読んでいるのだとおもう。だからこそ大人が余裕をもつことって大切だよね。そういやキャビンアテンダントさんっていつも笑顔だわ。

“クリスマス＝お父さん入院”という不安をたのしい思い出で上書きするように北海道まできたけど、きて正解だったとおもう。ちょっと寒いけど。

雪だるまがつくれないくらいサラサラの雪で優くんは鼻を赤くして遊んで、野生のキツネを見つけてぼくに「おとーさんキツネはコンコンってなくんだよ。」って教えてくれた。キツネはコンコンってなかないとおもうけど、そんな無粋なことはいわずに笑顔でかえしました。

　今年も笑顔ですごせたので、来年も笑顔ですごしたいです。

　また書きます。

君のことも優くんのことも
信じてる

子育ての目的は自立をさせること

「親はいつまでも子どものことが心配なのよ。」

　親子の絆をあらわす美しい言葉のように聞こえるかもしれないけど、34歳の妻が60歳をすぎたお義母さんにいわれていて違和感をおぼえた。

　たしかにお義母さんは心配なんだろう。自分の娘の夫が病気で助かる見込みはなく、3歳の幼子もいる。
　ぼく自身が心配の種になっているから、あまりエラそうなことはいえないけど、親の心配を子どもにぶつけないでほしいとおもう。

　親の不安や心配というのは、子どもにとってストレスにしかならない。
　子どもが幼いころは出来ないことがある、それを出来るようにしてあげることが子育てだ。
　子育ての目的は簡単にいえば自立をさせることだとおもう。

　子育てなんておおげさなことではなく、職場での新人教育とおなじことだ。
　仕事の流れとやり方を教えておぼえてもらい、自分で考えて仕事をしてもらう。
　新人の動きが遅いからと先輩がなんでもやってしまったり、心配だか

らと一挙手一投足をチェックして口出ししていたら新人は息苦しい。

　子どもだって新人だって数年すればなんでも出来るようになる。
　すぐに親や先輩と肩を並べて、そのうちに追い越すのだ。
　親や先輩を追い越してくれるから、社会はどんどんよくなる。
　最悪なのは自分を追い越させないような教育だ。

　お義母さんがいつまでも妻のことが心配なのは、妻が母になり成長していることに気がつかないか、妻のことを信じきれてないからだろう。

　自立させることが目的なら、信じることが手段なのだ。

　心配の種がエラそうにいうことじゃないとおもうんだけど、解消させない心配ってじつは迷惑なんだよね。
　心配ならば、まずは信じてあげればいいのに。

ぼくはどんどん生きやすくなる

　病気になったばかりのころは優くんときみの将来のことが心配だった。
　申し訳ないなとおもっていたし、あせってもいたとおもう。

　いまはどうかと聞かれれば、まったく心配はしていないし、申し訳なさはサラサラないし、心はいつも穏やかで落ち着いている。

　身体的な病状がよくなったわけでもないのに、心理的にはどんどんよくなっているのは、周囲の環境がおおきいのだと実感しています。
　優くんときみが成長をしているおかげだとおもいます。
　優くんには失敗を恐れずに挑戦をして、失敗したらカバーできる人に

　なってほしいと考えていた。
　それができるような人になるように、ぼくたちなりの教育を優くんに
していたけど、3歳になった優くんはなんでも自分でやろうとして、問
題がおこれば問題を解決しようとする子になった。

　"三つ子の魂百まで"ってことわざが本当かどうかはわからないけど、も
しも3歳の魂が100歳まで続くのならば、ぼくたちはよくやったんじゃ
ないかな。

　優くんの成長を実感するたびに、ぼくの心配は消えていく。
　心配が消えていくと、ぼくはどんどん生きやすくなる。
　心配の種がエラそうにいうことじゃないし、ぼくがのんびりと子育て
ができないぶんきみも大変だったとおもうけど、ふたりともよくやった
よほんと。
　もうほとんど子育ては達成したとおもうよ。

　ぼくがいなくなってもきみも優くんも自立できる、だからぼくは心配
はしていない。
　ぼくはきみのことも優くんのことも信じてる。

　また書きます。

きみと結婚した きっかけは

明日も生きていると信じているから

あの大震災から9年がたった。いつものように会社や学校にでかけて、そのまま家族と死別してしまった人がたくさんいたはずだ。

脱ぎっぱなしの服や、帰宅したら洗うつもりでおきっぱなしにした食器、干した洗濯物のひとつひとつがその人っぽさを表した遺品になってしまったり、日常でかわされる何気ないひとことが最期の言葉になってしまった人もたくさんいただろう。

いつ地震が来るのか、いつ津波が来るのか、未来なんて誰にもわからない。震災後のガソリンスタンドにできた行列が、9年後にトイレットペーパーを求める行列になるなんて誰もわからない。

徐々になくなるトイレットペーパーと違い、死は自粛もせずに突然やってくる。明日のことなんて誰にもわからない。

「明日死んでしまうかもしれないから、今日を一生懸命過ごそう。」とか「あなたが無駄に過ごした今日は、誰かが死ぬほど生きたかった明日なんだ。」というような言葉がある。

しっかりと生きろってことなんだろうけど、明日死ぬだなんて考えて

生きていたら疲れてしまうだろうし、明日もしも本当に死んでしまうと
したら、おおくの人はパニックに陥ってしまうのではないだろうか。

　いまこの瞬間までずーーーっと生きてきたのだ、明日も生きていると
おもうに決まってるじゃないか。明日もきっと生きていると信じるから、
今日を穏やかにすごせる。ぼくだって明日も生きていると信じているか
ら、来月のスケジュールを埋めるのだ。

　災害だろうが事故だろうが病気だろうが、誰にもいつか死が突然訪れ
る。明日も生きていると信じていたがゆえに、後悔を抱える遺族になっ
た方はおおい。例えば恋人と喧嘩をしていたとか、反抗期でひどいこと
をしてしまったとかだ。

　べつに死ぬ側の意見を代表していうつもりはないけど、巨大地震で揺
れている最中だとか、肺炎が重症化して呼吸に苦しんでいる最中だとか
死と直面したそのときに、喧嘩をしたことやひどいことをされたことに
腹を立てるかというと、きっとそんなことはないだろう。

　それよりも残った人たちにしっかり生きてほしいとか、笑顔ですごし
てほしいとか、しあわせを願うんじゃないだろうか。

未来を知らないからこそ

　きみと結婚したきっかけは9年前の震災だったとおもう。ぼくたちだ
けでなく震災をきっかけに結婚をした人ってけっこういるけど、あの日
にもしも震災がなかったら結婚をしなかったのかなってたまに考えます。

　震災の有無とは関係なくたぶん、きっといつか結婚をしていたとおも

うんだけど、もしも未来を知る能力があったとしたら、たぶん、たぶんだけど結婚はしなかったとおもう。

　それは病気のことがわかったり、これからさきお互いにどんな異性と出会うかわかったり、仕事のことや収入のこと、社会のことなど未来が知れたら、ぼくは人生をいいとこどりしてしまうとおもうんです。

　後出しジャンケンみたいなズルさなんだけど、未来がわかってしまうと減点方式でものごとを見てしまうとおもう。

　最近婚活中の女性の話をきくことが何度かあったのだけど、婚活でたくさんの男性と出会っても、結婚が前提ということだから気になるところがあると、なかなか恋愛に発展しないそうだ。

きっと少し先の未来を見ていることで、100点満点の理想男性から減点しているのだとおもう。婚活ではなくちがった別の形で出会えば減点式ではなく加点式になるので、結婚に結びつきやすいのかもしれない。

　未来を知ってしまうと自分のことも、きみのことも減点してしまいそうだ。未来を知らないから、加点して関係を築くことができるのかもしれない。

　震災の日に亡くなった人は、9年後に新型ウイルスが世界で猛威をふるうことを知ることができない。ぼくは自分が死ぬことをあまり悲観してないけど、10年後に世界がどうなってるのか知れないのがとても残念だったりする。

　知ることができるのは生きている人の特権で、本当にうらやましいことだったりする。

　でも未来を知れないからこそ、人生がたのしいのかもしれない。
　ぼくだって昨日亡くなった人からすれば、未来を生きている人だ。
　しっかり生きなきゃなっておもいながらも、やっぱり疲れない程度に生きたいよね。

　また書きます。

優くんは
どんな成長をするのだろう

いちばん好きな先生

　4月になり息子が保育園で進級をした。いちばん最初はもも組からはじまり、去年まではさくら組だった。今年は何組なんだろう、どうやらピンク色でしばってクラス分けしているようだ。

　ピンク色を想像してみると昨日に牛丼をつくったせいか、紅生姜（べにしょうが）しか頭に浮かばない。そして一度紅生姜が頭に浮かんでしまうと、もうそれしか浮かばない。ピンクというよりも赤なんだけど、紅生姜組で成長をとげる息子を想像してしまう。ちなみに牛丼にオンザロックしたのは岩下の紅生姜だ。

　もも組に入園したころの息子はまだしゃべることもできなかった、保育園に通うことで親が教えるよりもはるかに多くの言葉を覚えた。言語が発達して息子の世界が広がった。

　さくら組に進級しても妻やぼくと離れたくなくて、息子は毎朝泣いていた。いまでは泣くことはなく「わだせんせい、いるかなぁ？」と息子がいちばん好きな先生に会いたくて登園するようになった。親以外の誰かを好きになるということは、これもやはり世界が広がることだ。

　息子が好きな和田先生はもも組でもさくら組でも一緒の先生だったけ

ど、残念ながら紅生姜組では一緒になれなかった。おなじ建物内にいて見かけることはあるけど、知らないお友だちと遊ぶ和田先生をみて、なんだかちょっとだけ距離を感じるということを経験するのだろう。

　そして息子もあたらしい先生や、あたらしいお友だちとの出会いを経験する。なんて春らしい経験なんだろう。

　いままで一緒にいた人と少し離れて、またあたらしい人とくっつくという繰り返しを息子はきっと大人になるまで経験する。大人になっても会社で部署が異動して同僚との距離感が変わったり、誰かと恋愛をするたびにこれを繰り返す。

　親も子どもとくっついたり、離れたりするものだ。子どもには子どもの世界があり、子どもが心地よさを感じる人との距離がある。親の世界や親の心地いい距離に子どもをいさせるよりも、子どもは好きにやってほしい。好きな世界と距離を構築して自由にやってほしい。

　さくら組での最後の日に息子が似顔絵を描いて持って帰ってきた。紙にはひとりだけしか描いていない。ぐぬぬっ、お母さんだけ描いてきたよ。とドキリとしながらも冷静さを保っていたら「わだせんせいをかいたの。」と教えてくれた。あぁ本当に和田先生のことが好きなんだ。

　保育園に通ったことで息子の世界は広がった。世界がお母さんとお父さんだけでないということを知り、誰かを好きになるというとてもおおきな経験をした。保育園の友だちたちと先生たちには感謝しかない。

きっといい先生をしているのだとおもう

　優くんのあたらしいクラスが紅生姜組ではなく、チューリップ組だときみから教えてもらったけど、紅生姜だろうがチューリップだろうがニラだろうがぼくはなんでもいいんだ。なんだったら牛丼組でもいい。

　チューリップ組で優くんはどんな成長をするのだろう。今年からあたらしく入園してきたお友だちが5人いるそうだ、優くんにあたらしいお友だちと遊んだ？　と聞くと「うーーーん、まだちょっとはずかしいんじゃないかな。」とお友だちが緊張していると教えてくれました。

　いまはちょっとそっとしておいています、みたいな対応を優くんなりにしているみたい。もしかしたらお友だちはさみしくて泣いているのかもしれないし、優くんなりの距離感があるのかもしれない。自分がさくら組で泣いているときに、そっとしておいてほしかったのかもしれない。

　相手の感情を読み、その感情にあわせて対応するというのは人が集団生活で生きるうえで大切な技術だとおもう。保育園の先生やお友だちとの集団生活で子どもが学ぶことはたくさんある、親の知らないところで成長をしつづけているのだとおもいます。

　きみは優くんのお母さんであるけど保育園の先生でもあるから、誰かにすごくおおきな影響を与えていたり、誰かの心の支えになっているかもしれないよね。きみが保育園でどんな先生っぷりなのか気になるけど、きみのうけもつ園児が描いてくれたきみの似顔絵をみるときっといい先生をしているのだとおもいます。

　また書きます。

成長の背中を押すこと

三ツ矢サイダーを飲もうとする勇気

　うちでは息子が嫌いな食べものを無理やり食べさせることはない。好きなものを中心に食べさせるということをしている。

　自分からすすんで食べてくれて楽だし、だいたい大人だってそういう食事をしているものだ。大人も子どもも回転寿司（ずし）にいけばだいたい毎回おなじネタに手をのばしているものだ。

　ぼくは嫌いなものを無理やり食べさせられても、それが好きになったという経験はなく、むしろ吐いてしまって余計に嫌いになった経験がある。食べものの好き嫌いがないってなんだかいいことのようにいわれるけど、好きも嫌いもあるのが個性だとおもう。

　ネコだって好き嫌いがある、そういうものだ。彼らはどんだけちゅ〜るが好きなんだ。

　無理やり食べさせるのではなくて、興味を持って自ら食べたいとおもうことが大切だ。ネコではなく息子の話にもどるけど、あるとき妻が三ツ矢サイダーを飲んでいた。

　息子がその様子をジーッとみていた。息子からすれば透明の水だとおもっていたのに、ペットボトルのキャップをあけたときにプシュッと鳴ったことや、ちいさい気泡がシュワシュワとのぼることが不思議だった

のかもしれない。

　おまけにひさびさにサイダーを飲んだであろう妻が「あ゙ぁぁーーー。」とかいってる。動物園で遠くから聞こえてきた何かの声のようだ。

　大人は味を中心に興味をもちがちだけど、子どもは色や形や音など全体に興味を感じる。そして大人への憧れや背伸びが興味を後押ししてくれて、未体験を挑戦する勇気になる。

「ちょっとだけ飲んでみる？」と妻が息子に声をかける。息子は炭酸を飲んだことがない。
　大人からすればただの炭酸飲料かもしれないけど、これを大人に置き換えればはじめてビールを飲むときのようなものだ。最初は苦くてマズい、ビールだって興味や憧れや背伸びで飲むのだ。

　外国人観光客が日本食に興味をもって梅干しやワサビに挑戦したときに「ウーーン、スッパイデスネ。」っていって周囲が微笑むのにもにている。「スッパイデスネ。」なんて日本語知ってるなら梅干しやワサビくらい知ってるだろお前。

　三ツ矢サイダーが息子の挑戦であって、ぼくや妻は息子のちいさい成長を見届けることができる。
　きっと炭酸のシュワシュワに驚いたり苦そうな顔をするのだろう、それをみて妻やぼくは笑うのだ。とてもほのぼのとした光景だ、世界のどこかで戦争がおきていることを忘れてしまいそうだ。

　動画を撮りたい気持ちがあるけど、息子に何か起きるのかもという緊張を与えてしまいそうだし、なによりもこの瞬間をスマホの画面越しじゃなくて肉眼でみたい。

息子が三ッ矢サイダーを手にしたときだ、妻の義母が息子にむかって「歯が溶けるわよ！！」と大きな声でいった。

　息子はサイダーを飲まずに妻に返した。歯が溶けるなんていわれりゃそうだろう。ぼくだってサイダーじゃなくてシンナーを渡されたら吸うことはない。

　ぼくは義母が苦手だ。苦手というかあまり好きになれない。
　科学的な根拠もなくウソや恐怖心を利用して足を引っ張ろうとする。

　孫の足を引っ張る祖母と、息子の背中を押す父親との戦争になりそうだ。
　足を引っ張られているのに背中を押されれば、子どもが混乱するだけなので、ほんとうに義母はやめてほしい。

豚になるか、イノシシになるか

『千と千尋の神隠し』をみていて気づいたけど、きみのお母さんって湯婆婆によくにています。湯婆婆のような高圧さや傲慢さはないけど、湯婆婆の坊にたいする態度がとてもにています。

　坊には外の世界は危険がいっぱいで、病気がたくさんあるって信じ込ませて、坊が自分から離れていかないように、手の届く部屋においておくのだ。子どもの可愛さに酔って、子どものままでいてほしいから、成長をさせないのだ。

　豚って野生化するとイノシシになって、イノシシを家畜化すると豚になるんだそうです。ちいさい子どものころは子豚ちゃんで可愛いけど、養豚場でおおきな豚になってトンカツか生姜焼きになるよりも、野で自活

して生きるイノシシのほうがいいとおもうんです。

　きみがお義母さん（湯婆婆）とお義兄さん（坊）のような関係をみて「ああはなりたくない。」っていってるからぼくは大丈夫だとはおもうけど、お義母さんがこれから優くんの背中を押すように変わるとはおもえません、お義母さんに変化を期待しないほうがいいです。

　サイダーの挑戦すらさせない人なんだから、これからも優くんの成長と挑戦の足を引っ張るかもしれない。スポーツでも芸術でも何かに挑戦しようとしたときに「優くんには無理よ。」っていっちゃいそうです。

　きみには無理だよって言葉をかけて、失敗をしたときに「だから無理だっていったでしょ。」って怒ったりバカにすれば、挑戦できない人間の出来上がりです。成長を止めるのって簡単なんだよ。

　きみにはできるよって言葉をかけて失敗を許容することで、子どもはどんどん成長していきます。

　少しおおきくなった優くんがお義母さんに足を引っ張られていたら、ぼくがお義母さんのことが苦手だったと教えてあげてほしい。もしかしたらそれで足かせがはずれるかもしれません。

　子どもの成長に必要なのは大人が見守ることと、できるように教えることだとおもいます。忍耐力が必要だし、正しい知識も必要です。だから成長の背中を押すのって、成長の足を引っ張るよりも大変で難しいんだよ。

　きみはお義母さんよりも大変で難しい子育てをしている自覚を持って、それをプライドにしてください。きみは優くんの背中を押すことができるよ。

　また書きます。

自分にないものを、子どもに

爽快感・風量・視線10倍増し

　外車のオープンカーを購入した。まだ納車されて一週間ほどしかたっていない。

　外車のオープンカーってちょっとイヤミな成金っぽい感じがするけど、成金って歩が敵陣にはいって金に昇格するってことで、キングダム的ないい話なんだけどね。

　そもそも中古で購入したので新車の軽自動車よりも安い。新車の軽自動車が街中を走行していてもなんともおもわないのに、なんでオープンカーだとちょっとイヤミな感じがしてしまうのだろう。

　もしかしたら屋根がないと、謙虚さまでないように見えるのかもしれない。

　オープンカーを運転してる人ってだいたいスカしたサングラスしているけど、あれは眩しいだけだ。だって屋根がないから。

　そして交差点を曲がるときは歩行者から野生のクマでもみたように注目されるので、ちょっと恥ずかしいからサングラスは必要だ。右折はそんなにみられないけど、歩行者との距離が近い左折はほぼ全員みてくる。

　オープンにしていると音楽が聞こえないし、周囲に聞かれても恥ずかしいのでボリュームは下げるし、走行中にゴミが飛んでいったら大変なので車内は綺麗にする。

　左折時に車内が丸見えなのでゴチャゴチャさせるのはちょっと恥ずかしい。すべてのやんわりとした恥ずかしさを防御してくれるのが、ファッションではない実用的なサングラスと謙虚さだ。

　ぼくはいろんながん患者さんや医療従事者と会うことがあるけど、がんになってからオープンカーを買ったというエピソードを一度も聞いたことがない。もしかしたらけっこうめずらしいタイプなんじゃないだろ

うか。

「がんになっても自分らしく。」とか「がんと一緒に生きる。」みたいな言葉があるけど、それをリアルに体現するとこういう感じになる。オープンカーを買ったおかげで、謙虚にいっても人生のたのしさがアップした。

　ありきたりな感想だけど、爽快感がとてもある。暑くも寒くもない日に窓を開けて運転するときの爽快感が10倍増しという感じだ。風量と視線も10倍増しだけど。

　息子が助手席、妻が後部座席にのってドライブをした。息子はとてもよろこんでいる、後部座席は風の影響が強いのか、妻の髪がボサボサだ。後頭部をこちらに向けているのか？　ってぐらい、顔に髪がかかっている。

　今月は息子と妻の誕生日だ。オープンカーでどこかに旅行でも行きたいなんて考えているけど、きっと妻は屋根のある車で旅行に行きたいとおもっているはずだ。

ところで誕生日おめでとう。

　今月、旅行どこに行こうか？　あんまり遠出をすると自粛警察の他県ナンバー狩りに遭いそうだから近場がいいかなっておもったけど、コロナ情勢と自粛警察の動向で最終的には決めようかとおもってます。自粛警察っていう現代の山賊に遭遇しないにこしたことはないよ。

　ところで誕生日おめでとう。いくつになるんだっけ？　年齢を重ねるにつれ、ぼくは自分の年齢を忘れることがよくあるんだけど、きみの年齢も忘れちゃうんだよね。それで毎回きみの年齢を聞いて驚いちゃったりするの。

　えぇ！？　もう35歳なの？　みたいなやりとりを5年くらい前から毎年繰り返すのだけど、平等にみんな年齢を重ねているのだから、あんたも同じだろってきみはおもっちゃうよね。

　年齢を重ねるということは、経験を重ねるということなんだとおもう。ぼくは自己肯定感がとても低い。自己肯定感が低いことの最大のデメリットは自分を認めることができないことだ。自分を褒めることができなかったり、誰かが褒めてくれてもそれを信用することができないんだ。

　年齢と経験を重ねることで、自信を持つことはできた。仕事で撮影していても、いままでに勉強した知識や技術や経験があるから、どんな仕事だろうが緊張もせずにやりとげることができる。それが実績になって自信につながっている。

　若いころだったらプレッシャーで吐いているかもしれない仕事でも、いまでは無駄な緊張をせずに緊張感だけをもって本領を発揮できている。これは、まぎれもなく自信があるということだとおもう。

　でもどんなに自信を持つことができても、自己肯定感というのは上昇しない。ぼくはてっきり自信と自己肯定感というのは比例するものだとおもっていたし、自信と自己肯定感をごちゃまぜにすらしていたけど、どうやら自信と自己肯定感は別物だ。そして自信の持ちかたと自己肯定感の上げかたは違うようだ。

　結局のところ、子どものころにどれだけ周囲の大人から、存在を認めて承認してもらってきたかということが、大人になっても影響するってことなんだろうね。

　ぼくもきみも抜群に自己肯定感が低いけど、そんな両親のもとにいる優くんは自己肯定感に満ちあふれているよね。自己肯定感の低い大人でも、自己肯定感の高い子どもに育てることはできる。自分にないものを子どもに与えるってできるんだね。

　自己肯定感がある人になるように意識をして子どもに接した結果だけど、自己肯定感って大人になって自分であげるよりも、子どものときに大人があげるほうが劇的にかんたんなんだよね。

真水に塩をいれればしょっぱくなるし、牛乳をいれれば白くなるけど、豚汁みたいな大人をコーンスープにするのは大変だ。30年後の未来が自己肯定感をしっかりと持った人たちであふれるような社会になっているといいよね。きっといまよりもいい社会になってるよ。

　また書きます。

いまはそれが
　　　　いいと おもってます

不正解をして、学んでほしいこと

　息子と一緒に踏切につかまるとちょっとうれしい。

「どっちから電車がくるとおもう？」と息子に質問すると「あっち！」とか「もしかしたら、りょうほうじゃない？」と息子は緩急をつけて答えてくれる。

　息子が「あっち！」と答えれば「お父さんも、あっちだとおもう。」と答える。息子がどんなに緩急をおりまぜた答えをしても、ぼくはいつも息子の答えをなぞるだけだ。

「あっち！」と息子が指さしたほうから電車がくれば、息子と一緒によろこんで、電車がちがうほうからくれば息子と一緒に残念がっている。

　37歳児のぼくでも踏切で矢印をみればどっちから電車がくるのかわかる。でもぼくはまだ息子に、矢印で電車がどっちからくるのかわかることを教えていない。なので息子の勝率はだいたい半分以下なんだけど、いまはそれでいいとおもっている。

　世の中を生きていると正解することなんて、だいたい半分以下だ。そうなってくると不正解を恐れずに答えを模索することのほうが大切だし、

　それでいて不正解を残念がる気持ちも大切だ。挑戦をせずに人の不正解をバカにしたりよろこぶ人に魅力的な人はいない。

　踏切でのやりとりを通して、不正解でもいいということを学んでもらって、自分の感情をお父さんに共感されることで安心感にもつながるかもしれない。

　もちろんこれは考えかたの違いで、100％の勝率でお父さんが電車のくる方向を当てることで、お父さんはなんでも知っているすごい人っておもわせることだっていいのだろうし。矢印の真相を教えて、保育園や幼稚園でそれをお友だちに教えてあげることだっていいことだ。

　ぼくは子どものころに不正解を大人に怒られて、感情を理解されなかったことがとても苦しくて、生きにくさを感じていた。子どものころは

不正解がとても怖かったので答えをだすことが苦手だったし、感情を表にだすことも苦手だった。それでまた怒られる悪循環に陥っていた。

そういう経験からなのか、37歳児のいまでは物事をよく考えるようになったけど、結局は正解でも不正解でもどっちでもいいやっておもうようになったし、自分の感情をおさえて人の感情を読みとるほうが楽だとおもってしまう。

いまがいいならいいじゃん、なんてことはまったくおもわない。大切なことは必要なときに、必要なことを与えることだ。

いま息子に必要なことは、電車がどっちからくるのか正解することよりも、自分の気持ちをお父さんに肯定される安心感だとおもう。いまはそれがいいとおもっている。

もしも願いがかなうなら

保育園で飾る七夕のお願いをきみが優くんから聞いていて「シンカリオンになりたい。」って即答する優くんを2週間ぐらい前にみていたんだけど、子どもらしくてすごくいいよね。

七夕の日にぼくは九州豪雨の被災地にいて、大雨にうたれて濁流を目にしていると、織姫と彦星におもいをはせることもなければ、七夕であることすら忘れていました。

川の水がひいた商店街には泥やガラスや流木がたくさんありました。街灯には泥だらけになった衣類や家具なんかが引っかかっていて、そのなかに街灯にもともと飾られていたであろう竹なのか笹なのかよくわから

ないけど、色鮮やかな短冊のついた七夕の飾りがありました。

「あっ、今日そういえば七夕だ。」ってそこで気がついたんだけど、つい数日前にもこの街で「シンカリオンになりたい。」とか「プリキュアになりたい。」って願っていた子どもがきっといて、それを聞いて代筆した親がいたんだよね。

被災地でいわゆる衝撃的な光景をみても、感傷的になることはないのだけど、それはもしかしたら非日常の出来事すぎて、自分の生活と結びつかないから、被災地にいるのに実感がわかないという不思議な心理なのかもしれません。

だけど七夕の飾りみたいなものや泥まみれになった子どものおもちゃなどを目にすると、急に自分の生活と結びついて胸が苦しくなります。

七夕が数日すぎたいま願いをかくとすれば、もしもその願いがかなうのならばくは「みんなの来年の七夕のお願いが、かないますように。」ってかくとおもいます。

もちろん優くんのお願いもかなうといいよね。子どもの願いがかかれた七夕とか絵馬とかって、戦隊ものやプリキュアになりたいとか、実現不可能なものだらけなんだけど、あれってつまりは「かっこいい人になりたい。」とか「かわいい人になりたい。」っていう意味なんだとおもうんです。

シンカリオンにはなれないよって教えるよりも、優くんのお願いに共感してあげたほうがいいし、魅力的なかっこいい人になってほしいよね。

いまはそれがいいとおもっています。

また書きます。

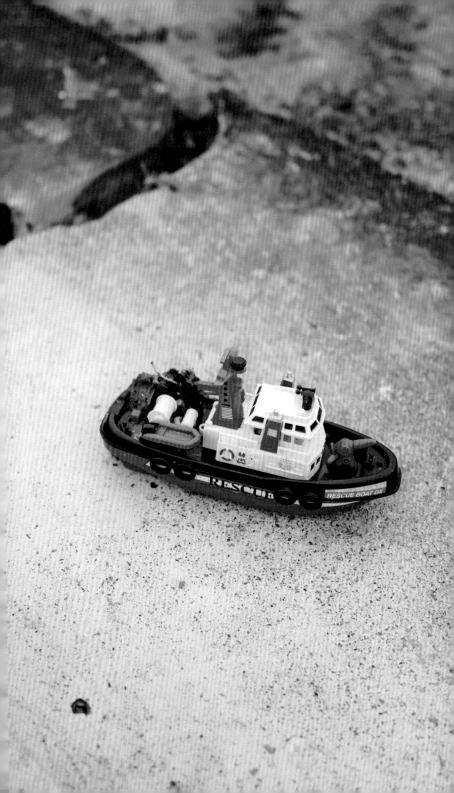

悪いことは、
お父さんのせいにして

よくがんばったね。

　最近、渋谷のPARCOで写真展をしていた。会場でフラフラしている
と20歳くらいの女性に声をかけられた。とても緊張している様子だった、
男性でも女性でもだいたいこういうときは趣味で写真をやっているか、写
真学生でプロをめざしていて写真についてのアドバイスを求められる。

　ぼくは人に緊張感を与えてしまうことがよくある。声をかけやすいタ
イプではない。勇気をだして声をかけてくれたから、勇気をだしてよか
ったとおもえるように、なるべくフレンドリーに会話をしようと心がけ
ている。だから見た目よりも会話はしやすいタイプだ。

　女性は緊張をしすぎて、すでに泣きそうになっている。泣きそうな20
歳の女性と、フレンドリーにはなしかけようとする37歳の熊。PARCO
の警備員が駆けつけてもおかしくない。警備員がくる前に写真の質問を
するのだ、写真の話は得意なほうだぞ。

　2年ぐらい前、彼女は高校に通えず不登校だったそうだ。そのとき悩
んで、ぼくに相談をしたらしい。相談をされたことも、なんて答えたの
かもまったく覚えていない。

　ぼくは自己肯定感がとても低いので、こういうときになにか失礼なこ

146

とを答えて、怒りにきたんじゃないかと緊張をしてしまう。ボディーブローをくらっても耐えられるように、お腹のぜい肉に力がはいる。

　不登校だった彼女に映画をみたらいいと答えたそうだ。きっと好きでもない学校に苦しんで行くよりも、好きな映画をみたり、音楽を聞いたり、本を読んだりゲームをしてるほうがいいって答えたんだとおもう。バカのひとつ覚えで申し訳ないけど、ぼくがいいそうなことだ。

　彼女は現在、大学に進学をして食べものに関することを勉強しているそうだ。いまの自分がいるのは幡野さんのおかげです、そんなことを声をふりしぼってはなしてくれた。ぜんぜん写真の話じゃなかった、ぜい肉の力が抜ける。

　彼女は不登校で苦しんだわけじゃない。不登校であることを友だちと

比べて、自分がダメな人間とおもいこんだり、先生や親など社会の大人が不登校であることを肯定できないから、期待に添えない自分をダメだとおもいこむ。不登校ではなく人間関係に苦しんだのだ、きっととてもつらかったとおもう。

　お礼をいわれて恐縮だけど、留年をしないように高校に通ったのも、大学に進学できるよう勉強をしたのも、好きなことを見つけることができたのも、すべては彼女ががんばったからだ。周囲の人が励ましたり、サポートもしたかもしれないけど、がんばったのは彼女だ。

　学校に登校するのが学生ならば、不登校は人生の研究生のようなものだ。嫌いなことから解放して好きなことをさせればいい。心を病んでしまうよりもずっといい。

仕事で過労死や鬱になりそうな人に、がんばらないで少し休もう、ということがいえる社会になってきた。10年ぐらい前は甘えだと怒られてきた。声のかけかたひとつで若い子の背中をおせて、感謝までされてしまう。デメリットを探すのが難しいほどいいことだらけだ、なんで大人はやらないのだろう。

　きっと10年後は、不登校にいまよりももう少し肯定的な社会になる。そのときに彼女は30歳だ。ぼくが彼女にしたように、10年後の彼女が不登校に悩む子に、やさしく声をかけてくれるとおもう。もしかしたらそれがぼくの息子かもしれない。

　わたしが若いころはもっと大変だったのよっていうイヤなおばさんにならないように、苦しかったことを忘れず、不登校であった自分を否定しないでね。それから、よくがんばったね（はなしかけてくれたことも含めて）。あなただったらきっと大丈夫だとおもう。

そういうときは、ぼくのせいにしてほしい

　10年後のことを考えたときに、きみも優くんも苦労をするんだろうなっておもったりします。苦労というよりも迷惑やストレスという意味がおおきいのだけど、いいことも悪いこともぼくのことを引き合いに出されて、ウンザリするとおもうんです。

　優くんからすれば「まーーーた、お父さんの話っすか。」ってなるとおもうし「ぼくは生きてるんですけどね。」ってぼくならおもう。これは防げないような気がする、優くんが通う小学校や中学校の図書室にぼくの本があるのだから。

そういうときは「お父さんのせいでうんざりだよね。」って声をかけて
あげて、ぼくのせいにしてほしい。ぼくは自主的に申し訳なさを感じる
タイプではないので、遠慮なくぼくのことをディスってほしい。

ちいさい子どもが親を亡くすと、親の悪口をいうことができなくなっ
ちゃうんだよね。周囲の大人からもそんなこといったらダメみたいなこ
といわれて口と感情を塞がれちゃうんです。親が生きてれば親の悪口を
いえるのに、死んだらいえなくなっちゃうっておかしいよね。

ストレスや迷惑もたくさんあるけど、現実的なことをいえばいいこと
もたくさんあるとおもうんです。でもそういうときはお父さんのおかげ
で……なんてことはおもわなくていいです。

努力したことだったり、成果をあげたときは間違ってもお父さんが見
守っていたからだとかいわないでね。それは本人のがんばりにほかなら
ないものです。優くんはもちろんきみもね。

悪いことはお父さんのせいにして、いいことは自分のおかげにする。会
社で部下に同じことをやったらただのウザい上司だけど、ぼくだったら
いいわけですよ。それがいちばん楽な生きかただとおもうんです。

よくわからん新興宗教みたいに悪いことが起きるのはお祈りが足りな
いから、いいことが起きるのはお祈りしたおかげとか、新興宗教の神さ
まもウザい上司もいいとこどりがすぎるよね。

ラクに生きるって、心がラクでいいとおもうんです。

また書きます。

子どもが いじめの加害者 になる可能性

親バカというのは、危険だ。

　親バカっぽいけど息子はとてもいい子だ。具体的にどんなところがいい子かというと、天ぷらをつくれば「おとうさんの天ぷらさいこうだよ！」といってくれる。

　ぼくはeスポーツが下手なんだけど、息子と一緒にマリオをしててこりゃ4回は命を落としそうだなってステージにくると「だいじょうぶだよ、しっぱいしたっていいんだよ、おとうさんならできるよ！」と励ましてくれる。

　具体例はまだまだあっていいたいのだけど、とにかく息子はいい子だ。まだ4歳なのでいい子なんていっちゃうけど、つまりいい人なのだ。

　ぼくがいままでに出会った人のなかでトップクラスにいい人だ。もちろんこれはぼくと息子の関係性においてのことだけかもしれない。

　ぼくはお父さんの立場としてしか息子を知ることができない。息子と友だちになることも、恋人になることもできないし、独占するなんてことも絶対にできない。

　ぼくが息子をいい人とおもうのは、ぼくにたいしていいことをして

くれるからだ。さすがに息子だって嫌いな人に、好きな人とおなじ対応
はしないだろう。

　ぼくだってそうだ。人の評価というのは関係性によって変わる、だか
ら親バカというのは視野が狭くなり過大評価をしがちなので危険だ。

　ぼくはその場にいたわけでなく妻から聞いた話なんだけど、息子が少
し年上のお友だちにいじめられた。

　殴られたとか蹴られたというわけでなく、いじめというよりはまだ嫌
がらせというレベルだ。お友だちもいじめの認識はないだろうけど、確
実に快感と充実感をえたはずだ。

　息子は悔しくて泣いて抗議をしたが、お友だちはわらっていたそうだ。

きっと息子はさらに悔しいおもいをしただろう。そのお友だちにはお兄ちゃんがいて、お兄ちゃんから似たようないじめを受けている。

　お友だちが息子に嫌がらせして快感をえるのは支配欲がみたされたからだ。お兄ちゃんから受けている支配のストレス解消にもなる。自分が年長者からやられているのだから、自分も年少者にやってもいいという勘違いすらあるだろう。

　いじめや嫌がらせというのは、加害者にとってメリットだらけなのだ。だからいじめは絶対になくならないし、特定の人間がいじめて、特定の人間がいじめられるのだ。

　大人気なくいってしまうがぼくはお友だちがちょっと嫌いだ。子どものやっていることだけど、大人の世界にもこういう人はいっぱいいて、どのコミュニティーでもだいたい嫌われている、当たり前だ。

　でもきっとお友だちの親からすれば、いい子なんだろう。大人が見えていることと、子どもが感じていることは違う。親バカの最大の危険は子どもの加害に気づきにくいことだ、ぼくも気をつけよう。

溺れた犬を棒で叩くような人よりも

　波と風がウェーブしないようにボカして書いたけど、きみはどの一件なのかわかっているよね。自分の子どもにまったく非がないのにもかかわらず、嫌がらせされるのは嫌なものだよね。

　優くんが泣いて抗議したことを、わらうという加虐性に正直なところゾッとした。溺れた犬を棒で叩く人っているけど、そういう人が戦争にいくと大変なことになるんだろうね。

　いじめってどう考えても、いじめる側に問題があります。問題って何かというと日ごろ抱えているストレスなんだとおもう。

　親になると自分の子どもがいじめの被害にあわないか心配をしがちだけど、一対多数といういじめの構造上、自分の子どもがいじめの加害者になる可能性をしっかりと考えることも必要なんだよね。

　いじめの加害者にならないようにするには、ストレスを抱えさせない

ことが大切だとおもう。ぼくはオタクか不良しかいないような底辺高校を卒業してるけど、いま振り返ると不良って家庭環境のストレスを抱えた人がおおかったよ。

　大人でも職場でいじめをしちゃう人がいるけど、どう考えても人生に満足していない不幸な人がおおいよね。

　人間って大人も子どももみたされなくて、ストレスを感じるといじめの加害者になりやすいんだろうね。いじめのターゲットは大人も子どももいつも自分より弱い存在で、いじめることで充実感をえちゃう。

　お友だちの問題はお兄ちゃんの支配欲によるものだとおもってるよ。でもそのお兄ちゃんもストレスを抱えているんだろうね。あのお兄ちゃんは"お兄ちゃんなんだから。"って理不尽な理由で行動を制限されすぎだよ。兄弟ゲンカの一因に、親による兄弟格差はきっとあるよね。

　もしかしたら親もストレスを抱えているのかもしれないよね、だからといってストレスのしわ寄せがいじめの被害者にいくのは間違いなんだけど、親や大人がストレスを抱えないことがいじめをなくす第一歩なのかもしれないよね。

　親のストレスを子どもにぶつけてたら、同級生に暴行と略奪と強要をくりかえすジャイアンを育てているようなものだとおもいます。これはぼくたちも気をつけましょう。

　溺れた犬を棒で叩くような人よりも、助けようとする人のほうがいいとおもうんだよね。

　また書きます。

たいせつなのは。
　　　強さを教えること

お菓子もゲームも、好きなときに好きなだけ

　うちの子育ては他所様(よそ)とくらべると、たぶんとても甘い。
　たとえば食事は好きなものばかり食べさせている。夜ごはんは何がいい？　と毎朝息子に質問をすると、いつも即答してくれるのでとてもありがたい。悩むこともなければ、なんでもいいよなんて答えも返ってこない。

　嫌いなものを無理やり食べさせても余計に嫌いになりそうだし、好きなものを自らすすんで食べてくれるほうが親としては楽だ。だいたい、ぼくだって妻だって好きなものしか食べていない。

　息子がほしがるものは渋ることもディスることもなくほぼ買っている。さすがにレクサスがほしいっていわれたら困るので、そこはうまくコントロールしているつもりだ。

　お菓子なんかはなんでも買っている。息子の手の届く棚のいちばん下の引き出しにお菓子を入れて、息子に管理させている。食事前とおやすみ前の歯磨き後いがいは、いつでも好きなタイミングで好きなお菓子を食べていいことにしている。

　息子からすればお菓子はいつでも入手が可能で、ほぼいつでも食べ

ことができるので、お菓子に執着するということをまったくしない。ニンテンドースイッチもiPadも好きなときに好きなだけやらせるけど、やはり執着をしない。

　ぼくは息子に手をあげたことは一度もない。子どもがいうことを聞かないときは、ガツンと殴るのが正しいみたいな空気があるけど、ぼくは殴らない。

　自分と意見が違う人や理解ができていない人に、こちらのいうことを聞かせるために殴るということをぼくが息子にすれば、息子は将来おなじことを誰かにやってしまうような気がする。大人としての手本を示しているつもりだ。
　うちの子育てはきっと甘いのだ、でも甘くていいとおもっている。ぼくが育った子ども時代はいまよりも厳しかった。こんなことをいえばさ

らに年齢が上の世代から「オレたちのほうが厳しかったゾ。」なんて声が
聞こえてきそうだ。

　厳しく育てられたぼくたちが大人になり社会の一員になったいま、社
会は優しいだろうか？　ぼくはただの厳しい社会であるような気がする。

　他人に不寛容で自業自得が常識の社会だ。ちょっとでも不満をもらせ
ば日本から出て行け、なんてこともいわれたりする。少しでも不満をい
うと、だったら出て行きなさいって子どもにいいだす、忍耐力のない大
人のようだ。

　厳しい社会だからと、厳しさを子どもに叩き込めば、その子どもが厳
しい社会を形成する大人になって、厳しさの再生産をするような気がし
てならない。再生産なんて最近知ったような言葉を使ったけど、ようは
厳しさが悪循環しているような気がする。

しょっぱい大人にならないために

“お金持ち＝性格が悪い。”みたいな図式がひとむかしまえにあったんだ
けど、大人になってぼくが感じることは、金銭的にゆとりがある人ほど
性格がいい傾向にあるということです。

　少し前のドラマや漫画で描かれるお金持ちって悪の化身みたいだけど、
実際はそんなことありません。そして貧乏が美しいみたいな描かれかた
もしているけど、それが正しいともおもいません。

“イケメンや美人＝性格が悪い。”みたいな図式もあるけど、これだって
そんなことはありません。ブサイクで性格が悪い人は山ほどいます。

　この図式はなぐさめや、妬みやウサばらしなのかもしれないけど、性格の悪さにお金があるとかないとか、ルックスがどうだとかはきっとあんまり関係なくて、不満を抱えている人の性格が悪くなりやすいってことだとぼくはおもいます。

　うちが砂糖みたいにあまーい子育てをしていることで「そんなんじゃ、あまったれた大人になるよ。」なんて根拠のうっすい図式をお節介に講義してくる人がいるかもしれないけど、岩塩の意見なので気にしなくていいです。

　「そんなんじゃ、しょっぱい大人になるよ。」って心の中でいいかえしてあげましょう。ムカついていたら語尾に「あなたみたいにね。」とつけくわえましょう。

　でも実際に厳しい人がおおい、塩分過多な社会だとおもいます。だからといってぼくたちが優くんにたいして厳しさを与える必要はなくて、大切なのは強さを教えることだとぼくはおもいます。厳しさに耐えたり、受け流したり、ときには反撃することができる強さです。

　ぼくはいままでに厳しさをそれなりに経験しました。いま振り返ってみると、厳しさを与えてきた人は、みんな弱い人たちでした。ぼくは病気になってからいろんな人に助けてもらったけど、助けてくれた人というのは、みんな優しくて強い人たちでした。

　優しくて強い人と厳しくて弱い人って雲泥の差です。優しくて強い人が社会にたくさんいたら、厳しい社会ではなくて優しい社会になるとぼくはおもうんです。

　また書きます。

優くんが
ぼくに答えを教えてくれる

過去最高に圧倒的な素直さ

　文才が遺伝するという話をきいた。どうも信憑性（しんぴょうせい）が高い話らしい。

　親と子で身体的特徴が遺伝して似ることがあったり、アスリートの子どもが運動能力に優れていたりするというのは、わりと納得がいく話ではあるけど、文章能力はどうなんだろう。

　ぼくは文章能力遺伝説には少し否定的だ。生まれもったというよりも、その後の環境が大きいような気がする。そして文才は遺伝なんですよっていわれてしまうと、なんだか夢も希望もない話のようにも聞こえる。

　つい先日、息子があたらしいオモチャを手に入れていた。うれしそうに組み立てたあとに「おとうさん、しゃしんとって。」とお願いされた。

「好きなおもちゃは、自分で撮ったほうがいいよ。」とカメラモードにしたスマホをわたした。真っ当なことをいいつつも、そのオモチャに魅力を感じなかったというのが本音だ。

　真っ当な部分だけを受け入れた息子は「うん、わかった！」と素直に写真を撮りはじめた。ぼくはいままでに具体的な写真の撮り方を、息子に教えたことがない。

　スマホで写真を撮る息子をみて、本当に驚いた。驚いたというよりも、ビビったというほうが正しい。上手かったのだ。写真が上手かったわけではなく、好きなオモチャである被写体との接し方が上手かったのだ。

　親が子どもの写真を撮るときに、身長差があるがゆえに、上から子どもを見下ろしたような写真になったりする。そんな写真に親子の身長差がうつっていたりするのでけっこう好きだ。

　でも身長100cmの子どもをよく撮ろうとするなら、カメラの位置を地上60cmぐらいまでおろす必要がある。きっと写真初心者がわりと最初に勉強することだ。

　カメラの高さ、使っているレンズに応じた被写体との距離、そして被写体を観察する目。これがアングルだ。その次に構図というものを考える。

経験値を積んでいる人であればあるほど、アングルをとる作業が早い。ぼくの経験上、アングルは経験値と知識の要素がおおきい。息子は経験値も知識もないはずなのに、アングルが抜群に良かったのだ。

　もしかしたらぼくが普段撮っている姿をみて、真似をしているのかもしれない。だとすれば才能ではなく環境だ。

　ビビりつつも、ここをこうするといいよ的なワンポイントアドバイスを息子にすると「うん、わかった！」とまた素直に取り入れて、実行にうつす。

　いままでに何人にも写真のワンポイントアドバイスをしてきたけど、過去最高に圧倒的な素直さだ。

　すげぇすごいぞ、なにがすごいって、いまとんでもなくぼくは親バカになってるぞ。

いまは写真バカ一家でもいいのかもね

　優くんがアースグランナーの写真を撮ってるときに、ぼくはとてもショックを受けました。

　正直なところ、優くんが写真が上手くてうれしかったというわけではありません。ただただ、いままでに感じてきた写真の疑問の答えが出たんです。あぁ、そうか。やっぱりな。という感覚でした。

　ぼくは文章能力や写真能力が遺伝をすることには否定的です。だからといってぼくが写真を撮っている姿をみていたから上手く撮れた、ということにもちょっと否定的です。

なぜならぼくは「見て覚える。」ということがあまり好きではないからです。職人気質のように「見て覚えろ。」というよりも、しっかり教えたほうが向上するだろうとおもってるからです。

　でも現実的に優くんが写真が上手かったのは、やっぱりそういうことなのかもね。遺伝や環境よりもぼくがいちばん「あぁ、そうか。」とおもったのは優くんの素直さです。

　真偽のほどはわからないけど、遺伝や環境、そこに本人の素直さが乗っかって、そこにさらに適切な指導ができれば、きっとすごいことになるんだろうね。有名アスリートの子どもが幼少期に親の指導をうけて、親の現役時代よりも活躍するように。

　いままでに写真のことをたくさん勉強してきたつもりだけど、答えのみつかっていない疑問はたくさんあります。写真だけじゃなくて人生において疑問はたくさんあるんだけど、優くんと一緒にいるとその答えを教えてくれることがおおいです。

　子育てをしていると気づきがおおい、なんてことをよく耳にするけど、ぼくはなんだか答え合わせをしてもらっているような気持ちになります。

　もしかしたらほとんどの答えを子どもは知っていて、成長するとともに無駄なものがついてしまって、答えがみつからなくなるのかもね。

　オモチャを撮るときの優くんの目、すごくよかったよ。好きな被写体は自分で撮るにかぎるとおもうんだよね。これはきみが撮る優くんの写真にも、おなじことがいえるよ。

なんだか写真バカ一家みたいだけど、いまは写真バカ一家でもいいの
かもね。

　また書きます。

君の買った宝くじが
当たるように

欲をいっても元本割れの宝くじ

　宝くじを買ってもいいかと妻が聞いてきた。来年で結婚して10年になる、おもえば妻が宝くじを買いたいと相談をしてきたのははじめてだ。YouTuberみたいにお札の束を宝くじの束にするとかではもちろんなく、バラと連番で10枚ずつ6000円分の宝くじを買いたいそうだ。

　宝くじの購入に了承を得るというよりも、妻はきっとはじめての宝くじに緊張しているのだとおもう。ぼくは現実主義者っぽいところがあるので、宝くじを購入したことを後々知られたらバカにされるとおもったのかもしれない。もしかしたら宝くじを購入することのドキドキの共有をしたいのかもしれない。

いくら当選したらうれしいの？　とぼくが聞くと「うーん、欲をいえば3000円。」と返された。欲の時点で元本割れじゃねーか、どんだけ欲が浅いんだよ。年末の宝くじって億とかじゃないのかよ。

　たしかに確率的な話でいえば6000円分の宝くじで3000円を当てるのは、欲なんだとおもう。現実的なことをいえば600円になって返ってくるだろう。だからといって現実的なぼくは「んなもん当たらないよ。」とはいわない。「きっと当たるよ。」と優しく声をかける。

　宝くじが当たるように魔法をかけてあげるよ、ぐらいのことをいったりもする。そのほうが高額当選をしたときに、お礼を期待できるからだ。魔法の呪文がチチンプイプイなので信憑性が低いのが悩みだ。だからといってお祈りだと、祈ったさきの神さまに恩恵がいってしまう。

　「きっと当たるよ。」と声をかけることで、こちらはタダで恩恵を得られる可能性があるので、それこそ無料の宝くじのようなものだ。「んなもん当たらないよ。」とバカにした人が恩恵を受けられるとは到底おもえない。

　7億円が当選したとして、雀(すずめ)の涙の恩恵でもきっと100万円ぐらいにはなるだろう。そういうところが現実主義者っぽいのだけど、妻の欲が3000円当選だとちょっと恩恵も少ない、50円ぐらいの恩恵になってしまう。なのでもうちょっと欲を持ってほしい。

　「100万円当たったら何につかう？」と妻に質問をした、もちろん妻の欲を上げるための心理術だ。「えーーーー、どうするかなぁ。」とニヤけた顔をしてたのしそうだ。心理術は効果あり、たのしい妄想こそが宝くじの醍醐味(だいごみ)なんだろう。まだ1枚も買っていないけど。

　「ふたりに美味しいものを食べてもらうかなぁ。」と妻がいった。100万

円が当たったらぼくと息子に美味しいものをご馳走したいそうだ。

金銭感覚って身近にいる人できっと変わるよ

　婚活中の人が相手の年収とかを気にするじゃないですか。もちろん理解はできるのだけど、年収というのは変化していくし、大企業だってリストラされることや倒産、業績の悪化やコロナで減給やボーナスカットだってあるのだから、変化をしやすい年収で判断するのはあまりいいとはおもわないんです。

　年収って数値化できるわかりやすいステータスだけど、本当に大事なのは金銭感覚であって、収入よりも支出のセンスだとぼくはおもうんです。年収が1000万円あっても家族にお金を使えない人よりも、年収400万円で自分にも家族にもお金を使える人のほうが結婚相手としてはいいとおもうんです。

　支出のセンスっていかにお金を誰かに使えるか？　ってことだとぼくはおもうんです。もちろん貢ぐとかそういうことじゃないよ。だから100万円の使い道が「ふたりに美味しいものを食べてもらうかなぁ。」っていったことがすごくいいことだとおもいました。たぶん、ぼくもそうなの。もしもきみが3000円当選して、50円の恩恵がぼくにあったら、その50円でぼくは優くんにうまい棒のコーンポタージュ味を4本買ってあげるとおもうんです。

　こういうことをいうのはアレだけど、搾取をされるようなタダ働きをするつもりは一切ないけど、ぼくはあまりガツガツと積極的にお金を稼ごうという気持ちもまたないんです。タダ働きもガツガツと稼ぐことも経験をしてきたけど、結局どっちも疲れるんですよ。

　ゴリゴリと心を削って収入のことを考えるよりも、誰かにつかう支出のことを考えて、その人の笑顔を想像していたほうがたのしいの。

　前に糸井重里さんにそんなことを話したときに「それはハタノさんの奥さんが、お金をほしがらない人だからですよ。」っていわれたんです。そのときにかなり納得をしたんだよね。金銭感覚って、身近にいる人できっと変わるよ。

　もしもきみにお金のことをギャーギャーいわれたら、ぼくだってさすがに稼ぐことを考えるんだろうし、もしもぼくがきみにまったくお金を渡さないような人だったら、きみは100万円当選したときに隠すとおもうんです。7億円なんて当たったら離婚するんじゃないかな。

　たぶん、7億円とかが当選してもぼくたちには使い道がないんだよ。よくいえば足るを知るってことかもしれないけど、お金の使い道がないってのも、ちょっとつまらないことだとおもうんですよ。

　豪勢な無駄遣いや誰かを笑顔にするようなお金の使い方ができるように、きみの買った宝くじが当たるように魔法をかけておきます。チチンプイプイ。

　また書きます。

たのしい ことは いっぱいある

2021年は、コロナ憂鬱と妻の厄年

いつもなにかを書くときに、なにを書こうか迷ってしまう。頭の中で考えてることはたくさんあるのだけど、それを文章にするのはとても苦手だ。文章を書く機会はたくさんあるのだけど、文章を書くのが得意というわけじゃなく、どちらかといえばとても苦手だ。中学生のときの国語の成績はだいたい1か、調子のいいときで2だった。

緊急事態宣言が発出されるので、それにちなんだことでも書こうかとおもって、さっきまでけっこう書いたのだけど途中で消してしまった。

コロナ鬱という言葉がある。昨年4月の緊急事態宣言では鬱的なものをぼくはまったく感じなかったけど、今回はちょっと気が重い。

最近の医療者や専門家へのバッシングにもちかい風当たりの強さを見たり、困窮する社会的弱者やコロナに感染してしまった人への「自業自得。」という言葉。他県ナンバーハンティングや、自粛要請に従わないお店への嫌がらせなど、自粛警察や自粛憲兵がまた活躍するのかとおもうと気が重い。

外出できないことがつらいのではなくて、人と人とが分断されるような状況を見ていてつらく感じる。震災や災害が起きると"絆"だとか"が

んばろう〇〇"みたいな言葉で、感情を塗りつぶしているようで、あまりよくおもっていなかったけど、分断よりもはるかにいい。

　コロナ鬱……というわけではないけど、コロナ憂鬱ぐらいになっていることはなんだか自覚している。なのでコロナや緊急事態宣言に関係しないことを書こうかとおもったけど、やっぱり書いてしまった。だから国語の成績が1だったんだろう。

　コロナ憂鬱をこれ以上増やさない方法がひとつある、ワイドショーを見ないことだ。あれほど分断を可視化して、不安や怒りを扇動するものはない。緊急事態宣言中はワイドショーを見ないことを決めた。コロナ鬱にはならんほうがいい、精神状態を保つことはとても大切だ。

　緊急事態宣言は始まったばかりだ。そして2021年も始まったばかりだ。大変かもしれないけど、ここはひとつおおきな山を乗り越えていくしかない。さらに、もうひとつ乗り越えないといけないちいさな山がある、妻が厄年だ。

　神社で看板になってる年齢表のアレだ。前厄から後厄まで3年も続くアレ。ぼくからすれば公園の砂場にあるちいさい山なんだけど、妻からすればそうではないのかもしれない。今年が本厄であることに不安を感じているようだった。

そんなこと気にするよりも

　ぼくは厄年っておみくじと同レベルのエンタメだとおもっていたし、3年もあれば誰だって悪いことぐらいおきるでしょ。平成元年の出生数がざっくり130万人で、その半分が女性だとして65万人ぐらいの女性と、

その前後に生まれた女性と合わせて、ざっくり195万人に一斉に不幸が起きるって、占いとしてはざっくりすぎでしょ。

　占いってもっと個人に合わせたもので、ケースバイケースだし、もしも本当に195万人に一斉に不幸が起きるなら、コロナ対策と同じように国民の生命と財産を守るために国が不幸を防ごうとするよ。日本のコロナ感染者は累計で25万人だよ。

　3年の間にたまたま起きる不幸を「厄年だからなぁ、てへ。」という感じで気持ちをおさめることができるならいいけど、厄年だからと不安になっていたら本末転倒です。男性の42歳と女性の33歳という後厄は42が"死に"と33が"散々"という言葉遊びからきてるそうです。

　お食い初めの料理とか、おせち料理にも遊びがあって、たとえば鯛が"めでたい"とか、伊達巻は巻物に似てるから頭が良くなりますようにってことなんだけど、こういうのは楽しむものであって、不安になるためのものじゃないよ。現実的なことをいえば、鯛よりもトロほっけのほうが美味しいとおもうし、頭が良くなりたいなら勉強したほうがいいとぼくはおもいます。

　厄年もそうだけど仏滅だとか大安だとかもまったく根拠がないですよ。宗教のことを少し勉強すればわかるけど、そもそも仏は滅亡しません。仏滅が悪い日ってわけじゃないよ。規則正しくルーティンで仏滅の次の日は大安だけど、あんなのただの旧暦の曜日みたいなもんじゃん。そりゃ誰だって日曜日の朝と月曜日の朝で気分は違うでしょ、そんなもんだよ。

　でもそれで宝くじが売れたり、大安の日に結婚式場が賑わって経済が活発になるならいいじゃない。こんなことをいってはなんだけど、きみが生まれた日は仏滅です。さらにこんなことをいってはなんだけど、優

くんが生まれた日も仏滅です。こんなことでマウンティングをして申し訳ないけど、ぼくが生まれた日は大安です、いいでしょ。

　きみは知らないかもしれないけど、子どもは男の子も女の子も3歳から5歳まで厄年です。優くんも優くんのお友だちも、きみが保育園で受け持っている子どもたちもみんな厄年。ぼくからすればこんなの親の不安を煽った商売の一種だよ。経済が活発になるのはいいけど、この商売が美しいとはおもわないかな。

　でもきみが不安になる気持ちも理解はできます。きっと厄年で起きる不幸を"ぼくが死んでしまうこと"って考えているんでしょう。確かにこれは不安だ、でもそれだってたまたま起きる不幸なことにすぎません。そしてぼくからすれば、本当にきみの厄年が原因でぼくが死ぬのなら、離婚をしてそれを防ぎます。ぼくときみは元々は他人です、きみの厄年で

こっちが死ぬわけない。ぼくの人生の主人公はぼくです。

　厄年で本当にめんどうなのは、周囲からの声です。「ちゃんとお祓いしたの？」っていわれて、実際に不幸が起きたときに「厄年だから。」とか「お祓いをしなかったから。」っていわれるのが、本当の問題です。ここまでくるとおみくじやエンタメ程度のことが、呪いに変わってきます。

　ただのバカからの呪いなんだけど、これがバカにできないのは、苦しんでいるときに刺さってくるということです。バカって泣きっ面にハチのハチさんなんですよ。ぼくはそういう人のことをキラービーって呼んでます。ぼくからすればきみの親族がいちばんキラービーになりかねないよ。親族から「ちゃんとお祓いしたの？」っていわれてない？

　でもこれは宗教の勧誘とおなじで否定したり、無下にすると本当にめんどうなことになって、無駄に精神的なコストを消費させられます。だからお祓いに行きましょう。緊急事態宣言になっちゃったけど、解除されたらお祓いにでも行きましょう。そういうものを体験するのもおもしろいとおもいます。結局のところエンタメなんですよ。

　でも本当はそんなの気にするよりも美味しい果物やお菓子を食べてたほうがよっぽどいいよ、たのしいことはいっぱいあるんだから。

　また書きます。

優くんの未来で応援してほしいこと.

わかるよ、おじさんも BIG カツは好きだ

　stand.fm という音声配信サービスで、ラジオみたいなことをはじめた。ぼくは写真家なので写真を撮るのは得意だけど、写真家というのは裏方の仕事なので、しゃべるのは苦手だ。なんだかとっても恥ずかしい。

　ばったり会った人に「いつもツイッターみてます。」といわれるだけでも恥ずかしいのに「いつも stand.fm きいてます。」なんていわれたら恥死をしてしまいそうだ。死因が恥というのは避けたいので、しゃべることに少しずつ慣れていきたい。

　いろんな人の配信を聞いて、しゃべりの勉強もしている。しゃべりが上手い人もいれば、そうじゃない人もいる。そんな中でめちゃくちゃおもしろい男性配信者がいる。

　もう何度も彼の配信を繰り返して聞いている、こんなのジブリの映画以来だ。ぼくは彼の世界観にどハマりしている。「みんなはどうですか？」と彼がリスナーに問いかけると、おもわず返事をしてしまう。

　彼はまだ小学生だ。公園で遊んだ話やアリを飼っている話、家でバーベキューをした話など小学生の日常を配信しているのだけど「砂場から古代の遺跡がでてきた。」といいだすので、おじさんの心は震え、鷲掴み

176

にされている。

「ぼくは初見の子と遊ぶのは緊張しない派です、みんなはどうですか？」と問いかけられたときに「おじさんは初見の人と遊ぶなら、できればアルコールの力をかりたいですね。」とおもわずひとりごとで返事をしてしまった。

　彼はいつも「コメントくださいね。」なんていってるが「アルコールの力をかりたい。」なんてコメントを送れるわけがない。きっとまだ理科の実験でつかうアルコールランプか、消毒用のアルコールしか知らないだろう。

　おそらくパパかママの管理下で配信をしているのだろう。初回の放送ではお父さんのことをパパと呼んでいたが、2回目の放送ではお父さん

になっていた。きっとパパかママがディレクターになっている。キモい
おっさんのコメントにパパママが警戒して、彼が配信を禁止されたら大
変だ。彼の迷惑にはなりたくない。

　3000円ぐらいを何らかの形で課金するから、好きなお菓子ランキング
をやってくれないかなっておもったけど、やはりパパママが警戒するだ
ろう。とても悩んだ末に、好きなお菓子ランキングトップ5を教えてく
ださいとメッセージを送ってみた。キモさは最小限に抑えたつもりだ。
stand.fmではメッセージに直接返信はできず、配信をして公開するしか
ない。

　メッセージを送った翌日、彼は好きなお菓子ランキングトップ5の配
信をしてくれた。なんてフットワークが軽いんだ。堂々の1位は、BIG
カツだった。遠足に行くときはBIGカツを絶対に買うそうだ。わかるよ、

おじさんもBIGカツは好きだ。あれはよく冷えたオリオンビールととても合うんだ。彼のパパママに警戒されないよう、ハガキ職人になって活動を応援したい。

写真って、感動するから撮るの

優くんが小学生や中学生になるころにはどんなSNSや配信サービスがあるんだろうね。大人って自分が子どものころになかったものを、子どもが使おうとすると否定する人がいるんだけど、ぼくは良くないとおもうんですよ。

食洗機やロボット掃除機とかドラム式洗濯機を否定したり、きっと紙オムツだって誕生したばかりのころは、紙オムツを使わずに子育てを終えた人の一部は否定したとおもうよ。粉ミルクとか、抱っこひもとかもね。

新しく発明されたものやサービスを、自分の時代にはなかったという理由で否定するのって、ぼくはアホだとおもっちゃうんですよ。新しいものを否定していたら、みんな筆とソロバンで仕事しているよね。便利なものを否定していたら、不便しかないわけで、楽することが悪で、苦労することが善だという人ってぼくは無理なんですよ。

地図とコンパスを使って現在地を知るスキルは趣味としてはおもしろいけど、Googleマップを使いこなせるほうが大切だよね。辞書の引きかたを覚えるのは知識としてはいいけど、現代の子にはネットでの上手な検索と、検索履歴の削除のしかたのほうが大切だとおもうんです。

大人がSNSをやる理由って、感動を伝えたいからだとおもうんです。

ご飯が美味しいとか、子育てがたのしいとか、これから飛行機に乗るとか、なにかすごい出来事があったとかそういう感動です。人って夕日を見るだけで感動をするんだよね、それを誰かに伝えたいの。

　子どもにも感動があって砂場で知らない子と遊んだとか、大縄跳びをしてたのしかったとか、それってやっぱり感動してるんだよね。日常のちいさな変化に感動して、それを誰かに伝えるのがSNSなんだとぼくはおもうんです。

　SNSがない時代は手紙や日記を書いたりすることで伝えたり残そうとしたわけです。これって写真の本質もそうなんですよ、写真って感動するから撮るの。写真がない時代は絵を描いたり、壁画にして未来へ伝えようとしたんです。

　だからなにも伝わらない作品ってつまらないわけじゃないですか。なにかを伝えようとする作品って引き込まれるよね。大昔から人は日常のちいさな変化に感動して、それを誰かに伝えたかったんだよね。ぼくだってこうやって文章を書いたり、写真を撮ったりしゃべって伝えようとしているわけです。大人も子どもも、関係ないとぼくはおもうんです。

　だから優くんが現代にはない、未来のサービスやSNSをやろうとしたら、ぜひ見守って応援してあげてください。ところできみがぼくのstand.fmを聞いているのか聞いていないのかわからないけど、聞いていてもそのまま聞いていないフリをしていてください。恥ずかしくて死んでしまいます。

　また書きます。

子どもに好きになる クセをつけてあげたい

息子よ、お父さんはきみがおもってるよりも物事を知らないぞ

「それじゃあクイズです、おだいりさまが手にもってるものはなんでしょー?」と息子にクイズをだされた。お内裏さまの所持品なんて気にしたこともないので、まったくわからない。

「ハイッ!　権力です!!」手をあげて元気よく答えてみた。ひな壇の下段にあれだけ従者がいるのだから、きっとかなりの権力者だろう。答えは権力でも間違っていないはずだ。妻の顔は曇っている。

「ブッブー、せいかいは……しゃくでしたー!」保育園で先生に教えてもらったのだろうか。お父さんが不正解なことがどこかちょっとうれしそうだ。きっとお父さんが知らないことを、自分が知っていることがうれしいのだろう。

　お父さんは正解を聞いてもわからない。息子よ、お父さんはきみがおもってるよりも物事を知らないぞ。なんだしゃくって。すぐにiPhoneで調べてみると、お内裏さまが長いしゃもじのような、短い卒塔婆のようなものを確かに持っている。しゃくというのは、笏と書くらしい。

　息子がどんどん言葉を覚えていくことを実感する。保育園のお友だち

や先生、絵本やテレビやYouTubeなどからも学んでいる。『鬼滅の刃』
のことや『マインクラフト』のことはぼくよりも詳しい。好きなことや
興味があることを学ぶのはたのしいのだ。

　息子としりとりをすると、それをより実感する。食べ物や動物や植物
の名前など、けっこう幅広くポンポンとでてくる。むしろぼくのほうが
言葉がでてこない。あれっ、もしかして脳梗塞なんじゃね？　っておも
うほど言葉がでてこない。

　いや、正確にはでてくるのだけど、でてくる言葉が心筋梗塞だとかコ
カインだとか懲役だとか、子どものしりとりっぽくないものばかり浮か
んでしまうのだ。

「てがみ。」と息子がいったあとに、み……み……み……と考えて一番最
初に浮かんだ言葉がよりによって民間軍事会社だった。きっとつい最近、
傭兵の本を読んだせいだろう。いや、さすがに民間軍事会社は子どもの
しりとりではダメだ。次に浮かんだのが民事裁判だった。それもダメだ。
そもそも"ん"で負ける。

　そうなると脳内がまた民間軍事会社に戻ってしまう。民間軍事会社か
ら連想して戦争に関係する"み"がつくものを探してしまう。民兵とか
ミグ戦闘機とか民主化とか、そういう方向にどんどんハマってしまう。お
父さんは息子の「てがみ。」と釣り合うような言葉がほしいのだ。

　そのとき妻がみかんの皮をむいていた。あぁこれだ！！　「みかん！！」
と元気に答えた。あざやかに負けてしまった。しりとりが心理戦だとは
おもわなかった。息子はお父さんに勝ってとてもうれしそうだ。妻は笑
っていた。

子どもに情報を制限することの無意味さ

　優くんが言葉をどんどん覚えているよね。親からするとどこで覚えたんですか？　っておもってしまう言葉まで知ってるんだけど。よくよく考えればぼくだってきみだって自分の親から教えてもらった言葉よりも、圧倒的にたくさん他のどこかで覚えたはずだよね。

　いま話題の「うっせぇわ。」ってあるけど、もしもその言葉を子どもに使ってほしくなければ、それを教えていったほうがぼくはいいとおもうんですよ。『鬼滅の刃』だってなかなかグロテスクなんだけど、それを隠すよりも親がどう子どもと付き合うかだとおもうんです。

　子どもの耳と目をふさいで、くさい物にフタをするようなことをしたって、すでに世の中にコンテンツとして成立して流行をしているし、子どもは親以外からの情報のほうが圧倒的に多いのだから、制限するのはきっと無意味だろうね。

　これってたぶん火遊びとおなじです。子どもから火をとりあげるよりも、親が子どもに火のことを教えて、火傷の処置や火の消し方を教えながら、子どもと一緒に火遊びをしたほうが安全だとぼくはおもうんです。少なくとも親に隠れて火遊びをする子どもよりもずっと。

　好奇心があることを制限しても、親に隠れてやってしまうだけで、そのときに知識がないが故に間違ったことをしちゃうとおもうんですよ。

　ぼくが読んだ傭兵の本だって、どっかの誰かからすれば眉をひそめるような本なんだろうけど、ぼくからすればすごくおもしろかったんですよ。弾丸をどのタイミングで鉄砲に装填するのか、すごく勉強になりました。弾丸の取り扱いってずっと疑問だったんだよね。それに傭兵のこ

となんて知らなかったから、傭兵のことを知ることができておもしろいんです。

　知らないことを知るっていうのは、めちゃくちゃおもしろいことなんですよ。ぼくは勉強がすごく苦手でほとんど学校の勉強をしなかったのだけど、勉強が苦手だった理由の根底は好奇心がなかったからだといまではおもうんです。

　子どものころは勉強ができないことでよく怒られたんだけど、好奇心をもたせてあげりゃ良かったんだよね、逆ギレ的な意見だけど。体育の授業だってタイムやスコアで評価して生徒に優劣をつけて競わせるけど、そういう評価のない運動って本来たのしいじゃないですか。運動が好きな子はいいけど、運動が苦手な子はどんどん体育の授業が憂鬱になるだけだよね。

　学校の勉強って社会では役に立たないこともあるんだけど、子どもの
うちから学校で勉強がたのしいことっておもわせることで、子どもは自
ら勝手に学ぶ人になるんだろうね。

　優くんをみていてわかったことは、好奇心があればどんなことでも勉
強をするってことなんですよ。きっと優くんは寝ることやご飯を食べる
ことよりも、遊びを優先したいわけじゃないですか。遊びに好奇心があ
って、遊びがたのしいことだからなんだよね。

　ぼくだって好奇心があることは睡眠時間を削っても勉強してしまうし、
食事をおろそかにしても勉強しちゃうんですよ。最近は美味しい唐揚げ
の揚げ方と美味しいアイスミルクティーの淹れかたを勉強してるんだけ
ど、とてもたのしいです。

　親にできることは子どもの好奇心をのばして、好きになるクセをつけ
てあげることなんだろうね。

　また書きます。

だから奉月になりがとう

健康なときは気づかないこと

　大昔、子どもの死亡率はとても高かったそうだ。成長の節目を祝い、これからの成長を願うことが七五三の起源という話をどこかで聞いたことがある。

　大昔と比べれば現代の子どもの死亡率はガクッとさがった。衛生環境や経済や医療などの水準が向上したからだろう。とてもいい時代に子育てができていることがありがたい。息子はもうすぐ5歳になる、今年が七五三だ。

　幡野家は息子が5歳までに死亡するリスクよりも、お父さんが息子の七五三を見ることなく死亡するリスクのほうが高いというふざけた家なので、ぼくとしては七五三がとても感慨深い。

　もちろんそういう家は大昔にもたくさんあったはずだ。大人の死亡率だって高く、寿命だって短かっただろう。おそらくいろんな感染症でたくさんの人が亡くなっていたはずだ。きっと七五三は親と子の双方にとってのお祝いであり、願いだったのだろう。

　ぼくが病気になったとき、息子はまだしゃべることができなかった。それがいまではサーファー御用達の駐車場で洋服から袴に着替えて、砂浜

を歩きにくそうに進んでいる。砂浜が歩きにくいのではない、袴が歩き
にくいのだ。そんな姿を眺めることができることが、どれだけしあわせ
なことだろうか。

　歩くのに疲れた息子が妻におんぶをお願いしていた。どこかの殿様と
従者のようにも見えなくはない。妻が息子をおんぶした姿は参勤交代の
ワンシーンにも見える。

　ぼくは息子のことをおんぶしたことが一度もない。めんどくさいから
やりたくないわけじゃない。ぼくの病気はバランスを崩して転びやすく
なるという、これまたふざけた症状がある、人体の神秘だ。

　しかも骨が脆くなっていて骨折をしやすいので、息子にとってもぼく
にとっても安全上の理由でおんぶができないのだ。平坦な道では抱っこ

ができるので、息子の温もりと重さに最初の5分だけはしあわせを感じ
ることができる。

　春が終わるような気温の中で息子をおんぶする妻をみて、病気になっ
たばかりのころのぼくだったら、後ろめたさを感じていただろう。自分
が足を引っ張ったり、役に立てていない存在ということに居心地の悪さ
を感じて、どこかに消えていなくなりたいとおもっていたかもしれない。

　写真家という人生を選んでよかった。少しオーバーなことをいうと、写
真で命びろいをしたようなものだ。些細なことかもしれないけど、家族
の写真を撮ることで家族の役に立てているという実感を持つことができ
ている。レストランで働く料理人が家庭でも料理をつくるようなものだ。

　いまではどこかに消えていなくなるどころか、後ろめたさを感じるど

ころか、おんぶをしてもらって笑顔の息子を、ぼくも笑顔で撮影できる
ぐらいの心の健康を保っている。病気になってみて心身ともに健康がい
かに大切なのかわかった。あんがい健康なときは気づかないものだ。体
が不健康になったら心の健康を保つことが大切だ。

たくさんの「ありがとう。」をくれるから

　こないだ保険会社からインタビューを受けたんですよ。「病気になった
ら治療だけじゃなくて、なにかの役に立つことが大切ですよ。」って話を
したんです。ノーベル賞とかオリンピックとかそんなことまでしなくて
もいいんだけど、日常的に誰かから「ありがとう。」っていわれるって大
切なことなんです。

　病気になるといろんな人に助けてもらうから「ありがとう。」をいうこ
とがたくさんあるのだけど、自分が足を引っ張っているようで少し後ろ
めたいんだよね。それでいて社会保障の恩恵はしっかりと受けるから、ま
だ仕事になれない新人アルバイトにも似た居心地の悪さがあるんです。み
んなの足を引っ張ってるけど、みんなと時給は一緒みたいな感じ。
「ありがとう。」って無限にわくものだとおもいがちだけど、たぶん本当
は有限で「ありがとう。」をいわれないと、段々と誰かに「ありがとう。」

がいいにくくなってしまうんだよね。もしかしたらお金とちょっと近いものかも。「ありがとう。」を稼がないと「ありがとう。」を消費しにくくなります。

　健康なときは仕事のやりとりでいくらでも「ありがとう。」を稼ぐし「ありがとう。」を消費するわけじゃないですか。だから仕事をするって結構大事なことだし、消費した「ありがとう。」は誰かの稼ぎになってるわけです。

　不思議なもので「ありがとう。」は循環させるものなんです。これを逆手にとったのがブラック企業で、ありがとうがあればお金も休日も不要ってことじゃないよ。

　自分でいうのはアレだけど、ぼくは心のほうはしっかり健康です。仕事をしているからってこともあるけど、プライベートではきみがたくさんの「ありがとう。」をぼくに与えてくれるからです。

　きみは意識しているかわからないけど、きみはよく「ありがとう。」をぼくにいいます。きみが仕事でたくさんの「ありがとう。」を稼いでいるからだともおもいます。ぼくは家事が好きなんだけど、それはきみの「ありがとう。」があるからです。正直なところ料理や洗い物や掃除にギャーギャーと文句をいわれたら、自主的にはやらないかも。

　そう考えると、うちではありがとう経済が好循環していて好景気です。だから本当にありがとう。ちょっと早いけど、優くんの七五三おめでとう。11月までに七五三のいい写真を撮るよ、一生残せるぐらいの写真を撮ります。おんぶはできないけど、ぼくのできることをするよ。

　また書きます。

キミに美味しいものを食べてほしいんだよなぁ

ウーバーでケンタッキーを注文するのは、おみくじだ

　幡野家では夜ごはんの決定権を息子が持っている。子どもを甘やかしているといわれれば、まったくもってその通りだ。時代が時代なら徳川家の子どものような厚遇だろう。

　息子は好きなものを注文するので、自らごはんをパクパク食べてくれる。ぼくは献立を考える手間から解放もされるし、つくったものを食べてくれないというストレスや「なに食べたい？」「なんでもいいよ。」というコール＆レスポンスとも無縁だ。なによりも嫌いなものを子どもに食べさせるという苦労がない。

　息子は今夜のごはんに牛丼を注文した。牛丼はわりとヘビーローテーションなので、ぼくの牛丼をつくるレベルは日々上達している。「おとうさんの牛丼はさいこうだよ！！」と褒めながら、パクパクと食べてくれるのでとてもつくりがいがある。

　お寿司が食べたいといわれれば回転寿司に行き、マックが食べたいといわれればウーバーで注文して、カップラーメンが食べたいといわれればお湯を注ぐだけだ。ジャンクフードや加工食品や外食チェーン店があふれる時代に生まれて、ぼくも息子も本当によかった。

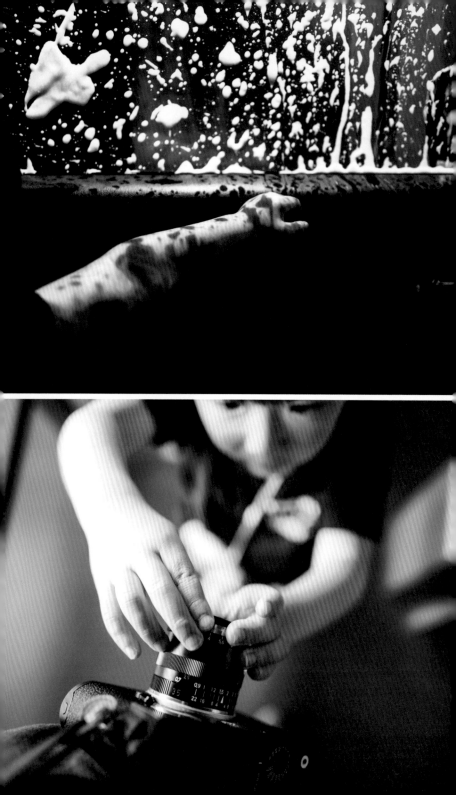

　夜ごはんの決定権を息子が持つことで親子の利害が一致するので、親子そろってベロベロに甘えている。子育ては楽をすれば楽をするほど、正比例して楽になる世界だ。あとは楽することを許さない親族の口を塞ぐか、無視するだけでいい。

　ぼくや妻が食べたいものがある日は、息子にプレゼンテーションをして、息子に決定してもらっている。こうやって日常の中で好きなものを主張したり、好きなものを選ぶ能力や、決断する能力を養いたいという思惑もある。

　先日、息子がケンタッキーが食べたいといったので、チキンが6ピース入ったセットをウーバーで注文した。

　個人的な好みと考えだけど、ドラムとサイがケンタッキーの当たりだ。鶏とカーネル・サンダース氏には申し訳ないけど、キールとリブはハズレだとおもっている。ケンタッキーサイドだって意識しているのだろう、メニュー写真にはドラムばかりが使われ、キールやリブはほぼ使われていない。

　ウーバーでケンタッキーを注文するときは、当たりとハズレの組み合わせで大吉から大凶まであるおみくじだと考えるようにしている。うちの近所のケンタッキーはウーバーで注文をすると、あまり当たらない。以前2ピースのセットを注文したときには、キールとリブで大凶だった、そんな日だってある。ほんと鶏とカーネル・サンダース氏には申し訳ないんだけど。

　期待をせずに6ピースのセットを注文すると、ドラムが2本も入っていてこの日は大吉だった、そんな日だってある。おもわずウーバー配達員にチップをおくった。ドラムを入れてくれたケンタッキーの店員さんに

もチップをおくりたい。

　妻が1本のドラムを息子のお皿にのせて、もう1本のドラムをぼくのお皿にのせた。いやいやいや、ドラムが美味しいんだからとぼくが妻のお皿と交換すると、妻は「いいの、食べて。」と遠慮をする。

　そのやりとりをみた息子が「じゃあ、ゆうくんのあげるよ。」といいだした。妻がダチョウ倶楽部のメンバーだったらここでドラム2本を総取りできるのだけど、妻はダチョウ倶楽部のメンバーではないので遠慮していた。

今月、優くんときみの誕生日だから

　"秋茄子は嫁に食わすな"ってことわざがぼくは好きじゃないんですよ。美味しいものは食わすなっていう嫁いびり感があるじゃないですか。秋茄子を食べると体が冷えるからって説もあるけど、ぼくはいままでに秋茄子を食べて寒くなったことはないし、もしも寒くなるなら温かい豚汁を一緒につくったり、お茶でも淹れればいいじゃんっておもうんですよ。

　ぼくの価値観では美味しいものは、きみや優くんに食べてほしいんだよね。嫁いびりしている人は別として、普通はそうだとおもうんですよ。自分でいうのもあれだけど、ぼくはいままでに美味しいものをたくさん食べてきたんです。

　鶏だっていままでに自分で何羽も捌いて食べてきたし、大人になってから好きなものばかり食べているから、必然的に美味しいものしか食べていません。

きみはきみで美味しいものを家族に食べてほしいのだろうけど、3人家族で2本のドラムを譲り合ったのは、ぼくとしてはいい経験でした。場合によっては奪い合っちゃいそうじゃないですか。ドラムの譲り合いでは結局ぼくがドラムを食べたけど、きみに美味しいものを食べてほしいんだよなぁ。

　美味しいお店をいくつか知っているけど、子どもが入りにくいお店もあるので、優くんをあずけてふたりで一緒に行きましょう。

　楽することを許さない人って苦労させたいだけだから無視でいいのよ。きっとそういう人が"秋茄子は嫁に食わすな"っていってるんでしょ。体が冷えることを心配するようで、いびっているだけだとぼくはおもっています。

　これを現代的に子育ての世界で変換すると"子育てを楽させるな"ですよ。子どもの成長を心配するていで、親をいびってるだけだよ。今月、優くんときみの誕生日だから美味しいものを食べましょう。

　また書きます。

おとうさんの味

楽に美味しくたのしく

　ぼくは料理が趣味だ。クックパッドは有料会員だし、レシピ本もたくさんもっている。キッチンには塩だけで4種類、スプーンやフォークで代用しがちなポテトマッシャーも所有している。卸市場でめずらしい肉を買ったり、過去には鴨や鹿を獲ってきたり、生きた軍鶏を仕入れて捌いたりもした。

　今夜は息子にから揚げをオーダーされた。金、赤、黒色が使われたパッケージデザインのから揚げ粉を選ぶところからはじまる。から揚げ粉でこの色使ってりゃ、だいたい美味しい。やろうとおもえばニンニクをすりおろして、オリジナルの漬けダレをつくったり、米油で揚げることだってできる。

　でもスーパーで売ってるから揚げ粉とサラダ油かキャノーラ油でいいのだ。なぜならとっても楽だからだ。

　料理をするときはかならずスリッパをはく。うちのスリッパは革製だ。万が一、包丁が落ちても足に刺さらず弾く。もちろん指を切らないようにも気をつける。血液をサラサラにする薬を服用しているので、指を切ると笑ってしまうほど血が止まりにくい。

　油を加熱するまえに、スプレータイプの消化剤を目視で確認する。万が一、油が引火したときにパニックになって消火剤が見つからないという事態を防ぐためだ。料理で大切なのは、ケガと事故を防ぐことだ。免疫力が低めな病人なので回復力も低いし、ケガや火傷から感染症にもなりやすい。病人にとって料理はリスクが高いのだ。

　本当なら180度に熱した油に、から揚げ粉にまみれたもも肉を投入するんだけど、ぼくは火にかけてすぐにもも肉をいれる。そんな揚げ方をテレビで紹介していて、一度やってみたら油が跳ねなくて楽だったのだ。味の違いはわからない。

　それにポテトマッシャーはあるけど温度計が行方不明になったので温度も測れない。ちいさいスプーンとか不思議なほど行方不明になる。きみたちはどこに隠れているのだ。

キツネ色になったぐらいで一度、バットにあげる。そして少し休ませ
てから、再度180度ぐらいになった油でこんがりと二度揚げする。そん
な揚げ方がクックパッドで称賛されていたのだ。味の違いはわからない。

　味覚オンチというわけでなく、食べ比べたわけじゃないのでわからな
いという意味だ。自分でいうのはアレだけど、お腹まわりと一緒で舌も
肥えている。それにどんな揚げ方をしようが、から揚げはだいたい美味
いのだ。

　揚げ終わったら油の凝固剤を投入して、鍋をコンロの奥のほうに移動
する。万が一にも、息子が鍋に接触しないようにするためだ。

　火傷や切り傷を負ったときの対処方法も定期的に学んでいる。ぼくが
子どものころの対処方法と、現在ではまったく違う。火傷なんて180度

ぐらいちがう。油の180度とかけてるんだけど、真逆じゃねーかってぐらい対処が違う。医療の進歩は素晴らしい。

　から揚げをお皿にのせる。レタスをから揚げのクッションに敷いたりはしない。サニーレタスをまるまるひとつ、別のお皿に用意する。から揚げをキムチと一緒にサニーレタスにつつんでマヨネーズをつけると、とても美味しい。

　コンビニのお弁当では見た目的にいいのかもしれないけど、レタスをから揚げのクッションにするのは実用的ではない。家で香水をつけなかったり、部屋着と外着をわけるようなものだ。から揚げの下にあるヘロヘロになったレタスは、クッションではなくファッションといってもいい。あれは見た目だけのファッションレタスだ。

　そんなことを食事中に力説する、ちょっとめんどくさいタイプのお父さんだったりする。ケガをしないで、イライラしたりもせず、楽に美味しくたのしく会話しながら食べることが、料理のいちばん大切なことなんだとおもう。

「お父さんの味」はありません

　父の日に優くんときみがまな板をプレゼントしてくれてうれしかったです。ありがとう。最初はヒノキ風呂かよってぐらい木の香りがしたけど、いまは落ち着きました。あたらしいまな板に包丁の跡が日々増えています。

　優くんときみが美味しそうに食べてくれるので、料理がたのしいです。ほんときみたち反応がいいよね。ディスったりバカにしたりしないし。家

族ながらいい人たちなんだなっておもいます。

　本当は料理をするのにはリスクがあるけど、きみがそれを制限しないことはとてもありがたいです。病人になると周囲が心配しすぎて、好きなことや出来ることも制限されて、なにもさせてもらえないって人もいるんだよ。

　病気になってもまだ出来るのに、好きなことを制限されたら人生のつまらなさに拍車がかかるよね。ど直球でいっちゃうけど、死にたくなるよ。

　人は好きなことを、好きな人のためにしているだけで、人生がたのしくなるもんだよ。つまり生きたくなるよね。

　将来ぼくがいなくなって、優くんがお父さんのから揚げを食べたいと涙があふれそうな無理難題をいったら、日清のから揚げ粉を使ってください。

　お父さんの料理はスーパーの品揃（しなぞろ）えと、その日のこだわり度と気分によってかわるので、現実的には「お父さんの味。」はありません。クックパッドの上位レシピがだいたいお父さんの味です。

　ぼくもひとりだったら料理をしないんですよ。ひとりでお昼のときはウーバーか、関西版のどん兵衛を食べています。料理をするようになったのは結婚をしてからだし。誰かのためにつくりたいんだろうね。

　また書きます。

10年後は
きっと忘れてしまうけど

まるでムツゴロウさんのように

　東京・上野にある国立科学博物館に家族で行った。博物館には動物の剥製（はくせい）も骨格標本も、恐竜も草花も虫も化石も、一日では遊びきれないほどなんでもある。きっと子どもは大好きだろう。

　ぼくは狩猟をしていたので動物に多少は詳しい。息子は鉱物に興味があるようだ。

　どこを狙撃すればいいか、どの動物が美味しいか美味しくないか、動物の習性や罠の掛け方まで、教科書にのってないだろうハンターの視点で息子にいろんなことを教えられる。息子にはお父さんがハンターだったことは伝えてある。

　だけどどうもフジテレビで放送されている『逃走中』のハンターとごっちゃになっているようだ。スーツを着てサングラスして走るアレだ。「おとうさんハンターなのにサングラスしないね。」と息子に指摘される。

　緊急事態宣言中で入場制限をしてガラガラに空いていることもあって、来館者としてはありがたい。これから博物館にしてもディズニーランドにしても飲食店にしても、コロナ前のような激混みの場所に耐えられるのだろうか。コロナ禍ですっかりとワガママボディーになってしまった

気がする。

　博物館についてまず動物の剥製を見に行った、ぼくの鉄板コースだ。た
くさん並んだ剥製は動物園よりも迫力がある。息子もさぞ驚くだろう……
とおもったら、息子はいちべつをくれるだけで、スタスタと通過する。宇
宙エリアも水中動物エリアも、興味がない政治家が視察をしているとき
のような通過ぐあいだ。

　体調でも悪いのかと息子に聞くと「はやく石みにいこうよ。」とせかさ
れた。「うぁぁぁーーーー、キレイだねーーー！！」。鉱物エリアに到着
すると、人が変わったように興奮する。興味のない政治家だったのが、動

物を愛でるムツゴロウさんのように豹変した。

　息子が鉱物を好きになったのは、ぼくと一緒に河原で石や割れたガラスを探したのがきっかけだ。河原で石を探したきっかけはゲームの『マインクラフト』で、息子が『マインクラフト』に興味をもったきっかけはYouTuberさんのゲーム実況だ。

　ありがとう、まいぜんシスターズさん。そして息子を釘付けにしてくれた国立科学博物館さん、ありがとう。

　息子は鉱物の写真をたくさん撮っている、写真というのはその人が好

きなものしか撮らないものだ。よほど鉱物が好きなんだろう。「優くんは鉱物が好物なんだね。」と死刑に値するようなオヤジギャグを息子にかましたのだけど、ちょっとまだ息子には理解できなかったようだ。

無駄遣いはお父さんのお金でやればいい

　ぼくはてっきり親が子どもになにか教えるものだと、勘違いしていました。人生経験が子どもよりも30年ぐらい長いわけで、美味しいものもたのしいこともわりとたくさん、大人なので知っているつもりだったから、それを優くんに教えてあげようとおもっていたんです。というか優くんになにか教えたかったんだろうね。

　だけどいまではぼくが優くんに鉱物のことを教えてもらってます。優くんはまだ知識的なことは知らなくても「キレイだねー、すごいねー。」という一番大切である感動の部分が爆発しています。ぼくは優くんをきっかけに、鉱物のことを勉強しているのだけどなかなか楽しいです。今度ハンマーとシャベルを持って川でマインクラフトごっこをする約束をしました。

だからといって鉱物好きを趣味にするだとか、仕事にするだとかそんなことはどうでもいいんです。サラッと飽きて三日坊主でもいいんです。お金の無駄遣いはお父さんのお金でやればいいんです。

「子どもはすぐに忘れてしまう。」そんな言葉を最近見かけました。言葉の意図はわからないけど、そりゃそうでしょう。ぼくだって3日前のお昼に何を食べたか覚えていません。大人だってすぐ忘れます。先月どんな仕事をしたかも覚えていません。

だけど今日のお昼に何を食べたかぐらいは覚えています。ぼくときみのお昼ごはんと優くんの給食が、みんなの夜ごはんとかぶらないようにしています。優くんはきっと家族で博物館に行ったことも、お父さんと川で石を探したことも10年後は覚えていません。

ぼくだって10歳のときのことを全部は覚えていません、そういうものです。だけど1年後は覚えているでしょう。その記憶を燃料にして、またあたらしい体験をしてそれがまた記憶の燃料になります。

記憶というのは食事とおなじで、食べ続けて消費していくものだとおもいます。全部なんて覚えていられないから忘れてしまうけど、食事が体の成長になるように、記憶が心の成長になるのだとおもいます。

10年後にはきっと忘れてしまうのだけど、1年は燃料になるようにいろんな思い出をつくりましょう。

また書きます。

子どものことはほめたちが
　　　　　圧倒的にいい

ありがとう、保育園の先生たち

　一週間に一度は息子に手品を披露している。1歳からぼくの手品を見せつけているので、5歳の息子は少なくとも52週×4年の回数ぐらいは手品を見ていることになる。息子はいつもエイッ！　とマネをするけど上手くできない。当然だ、ぼくはタネをあかしたことは一度もない。これから先もタネをあかすつもりはない。

　息子の素晴らしいところは、200回おなじ手品を見ようと驚いて褒めてくれることだ。たぶんそれは、息子の周囲にいる大人たちが、息子が絵を描いたり歌をうたったりしたときに、驚いて褒めてくれるからだろう。つまり保育園の先生が素晴らしいのだ、ありがとう先生たち。

　息子がエド・はるみさんのギャグをするようになったけど、それはまぁアレとしても、保育園の先生たちには感謝しかない。エド・はるみさんのギャグが悪いわけじゃない、芸人さんのギャグを素人がそのままマネをして、笑いがとれると勘違いしてはいけないのだ。ブラッシュアップしないかぎり、ただの義理笑いだ。

　10年ぐらい前に、仕事の打ち上げで乾杯するときに音頭をとった人が「ルネッサーンス！」と声高々とやったことがある。場所は銀座の寿司屋だ。ザギンのシースーでルネッサンスだ。地獄の打ち上げがはじまった

とおもった。音頭をとった人が偉い人だったので、みんな笑顔と大きな声で「ルネッサーンス！」とやっていた。

　大人も子どもも摂取した食べ物や飲み物で身体的な成長をするけど、かけられた言葉で心は成長をするのだろう、そんな根拠のないことをしみじみと考えてしまう。周囲の大人が息子のことを鼻で笑えば、きっと息子も手品を鼻で笑うようになるだろう。

　もちろん息子を飽きさせないためにも、ぼく自身の技術向上のためにも、新しい手品だって披露する。スプーン曲げを披露したときは、あまりにも衝撃的だったのか、しばらく口をきいてくれなかった。

　この日も息子に手品を披露していた。手に持っていた500円玉がいつの間にか消えるという手品だ。なんてことはない、手の甲に500円玉を

サッと隠しているだけだ。息子は驚きながらも、ぼくの手のひらをペタペタさわりながら探している。

　500円玉を探していた息子が「ゆうくんの手、おとうさんよりもおおきいよ。」と手の大きさ比べをはじめた。きみの手がお父さんよりも大きかったら、嫌だよと内心おもいながら「そうなんだ、すごいじゃん。」と返事をする。

　こういうのって間違いなく、いましかできないことなんだろうな。そして、手の大きさ比べや息子の驚く顔が嬉しくて、手品のタネあかしをするつもりがなくなってしまう。

保育士のきみには釈迦に説法なんだけど

　かける言葉で子どもが成長をしていくのはおもしろいよね。例えば優くんはレゴにハマってるけど、つくったレゴを褒めれば褒めるほど、どんどんレゴにハマっていきます。ジブリ映画を見てもゲームをしても、絵本を読んでもそこからヒントを得てまたレゴをつくります。それをまた褒めれば、またがんばってレゴをつくる。

　写真家的な視点で見れば、レゴ以外のことから吸収してそれをレゴに反映しているわけですから、とっても素晴らしいですよ。写真だって写真以外のことから吸収することが大切なんです。きっとほとんどの芸術はそうだよ、何かから吸収しないとできません。レゴは無意識に芸術を学ぶ、とてもいい教材だとおもいます。

　ぼくは子どものころに周囲の大人から褒められた記憶はほとんどなくて、鼻で笑われてばかりでした。それが原因なのかわからないけど、大

人になって仕事でたくさん褒められても、素直に受け止めることができない大人になりました。100褒められても自分の中で勝手に減額して60とかになっちゃうんだよね。

「お前も大人になったらわかる。」なんていわれたりもしたけど、親になってわかったのは子どものことは褒めたほうが圧倒的にいいってことです。だって大人になって褒められたときに、減額しないですむからね。すごい極端なことをいえば、減額したぶん人生を損しちゃうんだよね。

「大人になったらわかる。」は「大人になったらバレる。」でもあるわけで、大人が子どもにマウンティングできる最後の切り札なんだけど、こんな言葉はつかわないほうがいいよね。これをいわない人のほうが、大人になったときにその人の人柄の良さがわかるし。

　保育士のきみには釈迦に説法なんだけど、子どもは言葉で成長するとおもいます。それは優くんを見てても、大人になった自分を見てても、ザギンのシースーでルネッサンスする偉い人と乾杯してもおもいます。

　また書きます。

ありがとう、
宝物にするよ

「これでいつでも海がみれるよ。」

　右折で入ることも出ることもできないけど、海を眺めるためにつくられたようなだだっ広い駐車場が鎌倉にある。インスタ映えするのか客層の平均年齢は若く、初心者マークをつけた車もよく止まっている。眩しくなるほど最高に青春スポットだ。

　左折でしか入れないからあまりこないけど、この日はたまたま左折で入れるルートだったので立ち寄った。台風が近づいていたので海は荒れ気味で、潮位も高く浜は消えていた。

　サーファーにとってはいい波なのか、ナンバーが1173の車が数台止まっていて、サーファーが何人も海に入っている、怖くないのか。今日の平均年齢はいつもよりちょっと高い。

　息子と階段に腰掛けて海を眺める。荒れた海を見ながら息子に「どうして波ができるの？」と質問される。全くもってわからない。台風が近づくと波が高くなるのだ。「たぶん風かなぁ、知らんけど。」と無責任だけどマウントしない謙虚さがうかがえ、それでいて当たっていれば手柄になる、関西人が発案した魔法の言葉「知らんけど。」を発動した。

　海から吹きつける潮風にあたりたくないのだろう、妻は車で待っている。

息子とふたりで海を眺められることがしあわせだ。ぼくは息子のことも海のことも好きだからだ。好きな人と好きな景色を眺めているのだ、どう考えてもしあわせな時間だ。

　好きを重ねれば重ねるほど、しあわせが跳満や倍満する。麻雀のことは知らんけど、とにかく跳ね上がる。ひとりが好きな人は、好きな場所に行くだけでしあわせだ。好きな場所で好きな音楽を聴きながら、好きな飲み物を飲むだけでいい、おすすめだ。

「お父さんはひとりで海を眺めるのが好きだったけど、いまはみんなで海を眺めるのが好き。」という話をした。でもお家から海が遠くてあんまりこれないんだよねと話すと、息子がチェキで海を撮影した。出てきたチェキをちいさな両手で温めている。

　なぜかチェキやポラロイドをうちわのように振る人がいるけど、あれは何かの誤解だ。振ったところで写真が早く出てくることはない。気温が低いと写真が浮かび上がるのが遅くなるので、温めるほうが正解だ。でも冬ぐらいの寒さじゃないと、温めるのもあまり関係ない。

　ポラロイドは緊張するのだ。ポラロイドでOKなら本番のフィルムで撮影をするので、ポラロイドが出来上がるまでの1〜2分の時間は緊張感が高まる。両手で温めながら「上手く撮れてますように。」と心の中で祈ったりする。

　フィルム時代の古い話だけど、チェキは落ち着いて撮って、両手で温めましょう。と息子には教えた。祈りなさいなんてことはアホくさいので教えなかったけど、息子は目を閉じて両手で温めている。

　写真が浮かび上がると「これでいつでも海がみれるよ。」とチェキをプ

レゼントしてくれた。

　息子が撮った海は水平が傾いたちょっぴり下手な写真だ。そして海の良さは風や音や匂いなど五感を刺激するからであって、視覚だけに頼った写真に海の良さはうつらない。教えたいことはたくさんある。でも息子は写真家を目指してるわけじゃない、どうでもいいことは教えなくていい。

　チェキを温めているときに、息子はなにを考えていたんだろう。気になるけど心の中まで知ろうとするのは野暮だ。息子にはただ好きを重ねたような写真を撮ってほしくもある、知らんけど。息子は海を撮ったつもりかもしれないけど、写真にうつっているのは優しさだ。それにはいつか気づいてほしい。

　ありがとう、宝物にするよ。

プレゼントって、たのしいよね

　優くんとぼくの写真を撮ってくれてありがとう。家族で出かけるときに、全員が首からカメラぶら下げてるから、カメラ大好き家族みたいだよね。

　ちょっと恥ずかしいけど、でも恥ずかしがってカメラをカバンにしまうと、今度は面倒くさがって写真を撮らなくなるのよ。そしてカバンが重くなって、家で大切に埃を積もらせて、いざ使いたいときはバッテリーが空で操作も忘れて、中古で高く売れるタイミングも逃すの。

　写真を撮らないと、ちょっともったいないんだよね。写真ってわかり

やすく簡単に思い出になるから。カメラってシャッターを押すだけで、一瞬ですごく簡単に宝物をつくれるの。恥は一瞬で写真は一生だから、やっぱ撮ったほうがいいのよ。

　優くんからチェキをプレゼントされたのは、うれしかったです。いいでしょ。よく子どもが保育園とかで似顔絵を描いてプレゼントしてくれて、それが宝物になったりするけど、写真をプレゼントするのもいいよね。なによりお父さんにプレゼントするために、写真を撮るという行為がうれしかったです。

　写真を撮ってプレゼントするのって、かなり大人びた行為なんだけど、保育園の先生にお手紙を書きたいってのとおなじなんだよね。ぼくはあまり物欲がなくて、お金を貯めてまでほしいものってありません。そして本当にほしいものは貯金をせずにローンを組んで買ってしまうタイプです。金利よりも物欲が上回ります（隠しローンはありません、ご心配なく）。

物欲はないけど、プレゼントされたらうれしいものはたくさんあります。プレゼントってお金では買えない、誰かからの気持ちだからね。一輪の花でも一個のみかんでも、もちろん自分で買えるんだけど、貰ったらめちゃくちゃうれしいんだよね。

　優くんもいろんなところでプレゼントをたくさん貰ってます。お友だちからも保育園の先生からも、もちろんぼくたちからも。プレゼントに慣れてるから、サラッと写真を撮ってお父さんにプレゼントをしてくれたんだとおもいます。じゃなかったら5歳児が写真をプレゼントなんてしないわ、知らんけど。

　優くんからもきみからもプレゼントがほしいので、ぼくもたくさんプレゼントします。別に見返りを求めているわけじゃなくて、プレゼントってされるとうれしいけど、する側はたのしくもあるんだよね。

　また書きます。

いま生きていてほんて

良かった.

今日は気楽に生きよう

八王子には山梨の風が吹いているので夏は都心にでると暑いけど、八王子に帰ってくると寒くなる11月になった。毎年11月になると気分が落ちる。誰かといるときは大丈夫だけど、ひとりでいるときは不安で押しつぶされそうになるときもある。自分ががんであることがわかったのが11月だった。

腫瘍が骨を溶かす痛みで眠れず、下半身に力が入らなくなりよく転倒していた。昨日まで足が20cmぐらい上がったのに、今日は昨日よりも上がらなくなる。日に日に足が動かなくなり、12月には車椅子に乗っていた。人生で経験したことがない恐怖だった。

そのたった1年前は山で鹿を獲ってくるぐらいには体力もあって健康だった。息子も生まれたばかりで、交友関係も広くて多趣味。フリーランスでやってる仕事も順調で、幸いなことに若いころに憧れていたライフスタイルを描くことができていた。それが病気によって一気にほぼ全部崩れてしまった。

足の小指をタンスの角にぶつけたような激痛が常にあって、下半身が動かない上に長くは生きられない病気なのだから、比喩じゃなく本当に死にたくなる。

　夏は安全のために自宅に実弾は保管しないけど、冬の猟期に合わせて散弾銃の実弾を購入したばかりだった。もしも家にあったのが散弾銃ではなく、拳銃のような簡単に自分の頭を狙いやすい道具だったら死んでたかもしれない。

　散弾銃で自分の頭を狙うのはめんどくさい。銃口から引き金までが長いので、足の指で引き金を引くようになる。幸か不幸か足は動かないし、ぼくはめんどくさがり屋だ。

　治療のおかげでいまは痛みはない。リハビリのおかげで杖も使わずに健常者と変わらず歩くことができる。あたらしい趣味を見つけて、交友関係や仕事のスタイルも大きく変えた。ワイルドなアウトドアから病弱なシティーボーイにライフスタイルをガラリと変えた。

　失ったものがたくさんあるけど、あたらしく手に入れたものもたくさんあるので、わりと充実した病弱なシティーボーイライフを描いている。でもそれは治療のおかげなのだ、そして治療にはいつか限界が来るのだ。頭痛薬だって服用し続ければ効かなくなる。治療の限界が来たときに、きっとまたたくさんのことを失うだろう。

　山梨で冷やされた冷たい風を吸い込むたびに、未来への不安と過去の恐怖が同時に襲ってくる。11月はなかなか気分が落ちてしまう。病気になって今年の11月で4年になる。それなりに対処法も編み出した。それは気にしないということだ。

　明日死ぬとおもって今日を一生懸命に生きろ、みたいな言葉がある。あれは健康な人にはいいのかもしれない。明日もきっと生きてるから、今日は気楽に生きようと自分に言い聞かせている。この病人ライフハックのほうが落ち込んだときはずっと楽になる。

　今年の11月は例年とは気分がちょっと違う。息子が七五三なのだ。生きることの目標であった息子の七五三をクリアできた。息子の七五三の写真を撮るのがひとつの目標だった。本当なら息子のお祝いなのだけど、こっそりと自分で自分を祝っている。

ジャイアントポッキーのほうが良かったね

　きっときみも11月はキツいとおもうんですよ。がん患者さんの家族って第二の患者っていわれるほど大変なんだって。ぼくは第一患者だから第二患者さんのツラさは分からないのだけど、11月からクリスマスぐらいにかけてはいろいろと思い出しちゃうよね。

　お互いに隠した涙みたいなものがあるとおもうんだけど、これはきっ

と隠して正解だろうね。ぼくがメソメソして泣けば、そのあとぼくはスッキリするかもしれないけど、その涙がきみや優くんに注がれてきみたちが辛くなるような気がする。おなじ理由できみに泣かれるのもたぶん辛い。

　がんというのは残念ながら家庭を巻き込む病気です。個人個人の辛さのキャパシティを解消しても、家庭全体の辛さのキャパシティを解消できなきゃあんまり意味ないんだよね。これを解決できるいい病人ライフハックは死ぬまでに考えておきます。

　人の子の成長は早いっていうけど、自分の子の成長も早いよね。もう七五三ですよ。千歳飴を買ったんだけど、優くんって飴たべないよね。いま気づいたけど千歳飴じゃなくてジャイアントポッキーのほうが良かったね。ポッキーの親分みたいなのがあるのよ。

　昔は子どもの死亡率が高いから七五三の節目を祝って、長寿やしあわせを願ったわけなんだけど、うちはお父さんの死亡率が高くなっちゃったから優くんときみからすれば本末転倒な感じなんだけど、優くんの七五三でついでにこっそりぼくのことも祝ってください。

　病気になってからたくさんのものを失ったけど、夫婦関係を失わなくて本当に良かったよ。きみが平穏だからぼくも平穏でいられます。そしていま生きていてほんと良かったよ。次の優くんの節目は小学校入学なので、ぼくの次の目標は小学校入学の写真を撮ることです。約束はできないけど、撮れたら撮るよ。

　また書きます。

最大の プレゼントは 安心だとおもう

「いい子にしてると。」は子どもだまし

　もうすぐクリスマスだ。うちはクリスチャンではないけれど、誰かの誕生日を祝うのは大好きなので、キリストの降誕を祝う準備をしている。

　クリスマスツリーを飾ったり、息子がケーキを食べないのでアイスケーキを予約したり、ぼくがクリスマスにフライドチキンを食べることに疑問を抱いているのでターキーレッグを注文したり。息子はサンタさんに手紙を書いている。

　この時期になると、子どもたちは「いい子にしてるとサンタさんがやってくるよ。」と大人たちから耳の穴にサンタが入ってくるほどいわれる。ぼくも子どものころによくいわれたことだし、息子は保育園でよくいわれるそうだ。

　これは道徳的な教育のひとつなのだろうけど、ぼくは島根県の教会で司祭をしている友人の大西勇史神父がいった「クリスマスはどんな人にも訪れます。」という言葉をおもいだす。ミサを撮影しているときにこの言葉を聞いて、なんて寛容な世界なんだろうと目から聖水が流れるような気持ちになった。

　クリスマスというひとつの行事も、教育者の視点と宗教者の視点とで

223

は導き出す言葉がまったく違う。大西神父の影響でぼくは息子に「いい子にもそうじゃない子にもサンタさんはちゃんと来るよ。」と教えている。息子は少しホッとした表情をする。

　そもそも息子はすでにサンタさんの存在に疑念を抱いている。決定的だったのは去年、保育園のクリスマス会に登場したサンタさんが保育園の先生だったことだ。例年ならば外部からサンタさんを呼んでいたのが、コロナの影響なのか内部の人材でどうにかしなければならなかったのだろう。

「いい子にしてるとサンタさんがやってくるよ。」という言葉が有効なのは、子どもがサンタさんの存在を信じているときまでだろう。少し悪くいえばすぐにバレる子どもだましなのだ。

「クリスマスはどんな人にも訪れる。」という言葉だって、ほかの信仰を持つ人にとってはウソなのかもしれない。最終的には何を信じるかという、まさに宗教の話になっていくのだけど、ぼくはこの言葉が好きで信じている。

ぼくはラジコンがほしいです

　サンタクロースって大昔の教会にいた聖ニコラウスという司教がモデルらしいです。セント・ニコラウス……セントコラウース……サンタクロースって伝言ゲームみたいに訛ったのかもね。

　子どもを売らなければならないほど貧しい家庭があって、ニコラウスさんは金貨をその家の煙突に投げ込んだそうです。金貨は暖炉のそばにあった靴下に入って、おかげで子どもを売らずにすんだというエピソー

ドがモデルになってるそうです。

　前々から知ってるように書いたけど、いまググって知りました。

　でもこのエピソードって一歩間違ったら大失敗だよね。金貨が煙突に入らなかったらアウトだし、暖炉の灰に紛れたら見つからないし、もしかしたら子どもを売ってしまったあとで金貨の存在に気づくかもしれないよね……。

　でもニコラウスさんも面と向かって金貨を渡せない理由があったんだろうね。他にも貧しい家庭はいくらでもあっただろうし、金貨をニコラウスさんから貰ったってバレたら強盗が来たり、妬まれるかもしれない。もしかしたら親としての面目を保ってあげたかったのかも。そしてこの親が金貨があれば子どもを売らないっていう確信もあったんだろうね。

　真相はどうあれ、この貧しい家庭の人は金貨を手にするまで親も子どもも不安でいっぱいだったろうね。ニコラウスさんのエピソードと大西神父の言葉を考えると、ぼくはクリスマスに必要なのは不安の解消だなっておもうんです。
　物質的なプレゼントもいいけど、本質は不安を解消して新しい年を迎えることがプレゼントなんじゃないかな。クリスチャンでもなんでもないから知らんけど。

「いい子にしてるとサンタさんがやってくるよ。」だと不安を煽ってるような気がしてぼくは好きになれないんですよ。大人も子どもも人の行動を簡単に誘導する方法は不安を煽ることなんだよね。不安を煽れば物は売れるし、オレオレ詐欺だって不安を煽ってるわけだし。お化けや鬼がでるぞ！　ってのも不安を煽る言葉だよね。

　戦争とか災害とか国のことじゃなくて、家庭や個人の話だけど、ぼく
は平和って不安がないことだとおもってるんです。不安を排除していく
とどんどん家庭は平和になる。優くんときみへの最大のプレゼントは安
心だとぼくはおもってるんです。

　とはいえ安心だけがプレゼントだときみたちも納得せんだろうから、プ
レゼントなんでもリクエストしてください。ぼくはきみから安心を貰っ
ているのでプレゼントはいらないのだけど、水たまりとかも大丈夫なオ
フロードっぽいラジコンがほしいです。優くんと公園で遊びたいです。

　また書きます。

「くだらないもん買って」
と言わないきみ

ハズレてるのにうれしそう

　妻が年末ジャンボ宝くじを買っていた。ぼくは「そんなの当たらないよ。」とはいわない。どちらかといえば「きっと当たるよ。」と声をかけるタイプだ。

　宝くじは当選を夢見てたのしんだり、当選番号の発表にドキドキするエンタメなのだろう。

　本人がたのしんでるのに水を差すのも無粋だ。それに万が一、数千万分の一で7億円が当たったときに「そんなの当たらないよ。」といったことがきっとアダになりそうだ。

　そもそも妻は高額当選することを微塵も夢見ていないようで、目標金額は3000円だそうだ。ちなみに購入した宝くじは1万円分ぐらいなので、目標の時点で元本割れしてるのマジでどうかしてる。

　妻に3000円が当たったらなにをするのか聞いてみると、友だちとスタバに行ってごちそうをしたいそうだ。微笑ましい夢だ。3000円が当たったことで盛り上がりながら、普段なら注文しないスタバの新作をたのしみたいのだ。

　3000円程度の当選金額なら誰かに妬まれるわけでも、たかられるわけでもなく、当選する確率も比較的高い。それでいて当選金額のつかい道にも現実味がある。

　あんがい3000円の目標設定は絶妙にいいんじゃないだろうか。妻の話を聞いてそう考えるようになった。

　1万円あれば3000円の夢を3回叶えてもお釣りがくるけど、そういうことではなく宝くじをたのしみたいのだろう。

　当選番号が発表されて妻が、宝くじを確認しながら「あー、おしい！あーーこれも！」とハズレているのになんだかうれしそうだ。

　「あ、当たったよ。」と1枚の宝くじを見せてくれた。1万円が当たって

いた。おおお、すげえ。

　1万円が当選する確率は約300分の1なのだそうだ。300円は10分の1
で当選するのだから、1万円の当選は300円の30倍ぐらいのテンション
でよろこんでいいものなのに、300円の当選とほぼおなじテンションだ。

ぼくは弥生土器でお米を炊いてみたい

　きみってお金にあんまり興味ないよね。結婚して10年、ぼくはきみか
ら、もっと稼げだとか、くだらないものを買うなだとか、お金のことを
何かいわれたことは一度もありません。

　もしも日常的にきみから「またくだらないもの買って……。」といわれ
ていたら、宝くじを買ったきみに対して「きみだってくだらないもの買
ってるじゃん。」ってぼくもいっちゃうかもしれません。

　ぼくの買ってるものは、誰かからしたらくだらないものばかりです。ぼ
くがいまほしいものは弥生土器ですよ。弥生土器でお米を炊いてみたい。

きっと美味しいとおもいます。

　人はそれぞれ価値を感じるものが違うわけです。相手の価値観をバカにすれば対立がはじまって、相手の価値観を否定して自分の価値観に染めようとすれば宗教戦争のように争いがはじまります。

　ぼくは相手の価値観を尊重してくれる人と結婚してほんとによかったと思ってます。ぼくだけじゃなく、優くんに対しても「くだらないもの買って……。」っていわないよね。

　優くんがお年玉で買うものだって、興味のない大人からすれば、ほとんどがくだらないものですよ。でも優くんからすれば宝物なわけです。

　自分が宝物だとおもうものを、誰かからくだらないっていわれちゃうのは大人でも悲しいわけで、もしもそれを親からいわれたら、子どもはショックだとおもうんです。

　ぼくだったら自分の宝物がなにか隠すようになるだろうな。そして親がよろこびそうなものをニセの宝物にしちゃう気がする。もしくは自分の宝物がわからなくなってしまうかもね。

　お金に興味がない。それは良くも悪くもなんだけど、総合的に見たらきみの長所だとおもっています。

　また書きます。

だから いいのよ、本当に.

スズメバチの大群よりヒグマのほうがマシだった

　東京で雪が積もった日に足の指を骨折した。ゴロゴロと痛みに悶えているとなんだか熱っぽさもある。検温してみると38.5℃とやや高い。

　ネットで検索すると骨折で発熱することもあるそうだ。どう考えても38.5℃は高いやろって思いながらも自分を納得させていると、ひどい咳もでてきた。

　心のどこかで「これはコロナかも？」と疑いつつも、いやきっとそうじゃない骨折の熱だと正常性バイアスが正常に作動している。だけどどう考えても何かしらの感染症だ。感染症はどっからかウイルスや細菌をもらっているわけだ。つまり世間で流行しているものにかかりやすい。

　新型コロナウイルスの可能性がある。徐々に正常性バイアスが解除されていく。2回のPCR検査と抗原検査をした結果は陰性だった。肺のレントゲンも撮ったけど、非喫煙者なのでキレイなピンク色だ。たぶん。

　新型コロナウイルスは健康な30代なら軽症ですむのかもしれない。だけど血液がん患者との相性はめっぽう悪い。昨年の10月にアメリカのパウエル元国務長官も新型コロナで亡くなっている。高齢ということもあるが、パウエル元国務長官はぼくと同じ多発性骨髄腫の患者だった。とてもショックなニュースだった。

新型コロナウイルスが怖いか？　と聞かれれば、ぼくは怖くないというのが本音だった。感染対策でインフルエンザやほかの感染症が激減したため、コロナ禍になって一度も体調を崩すことがなかった。それまでは一度風邪をひけば2週間は体調不良が続き、それが年に何回もある。健康な頃は数年に一度程度しか風邪をひかなかったし、風邪をひいても2日あれば回復していた。

　例えるならば街からスズメバチの大群がいなくなって、ポツリポツリとヒグマが徘徊するような感覚だ。ヒグマと出会ったらかなりヤバいけど、スズメバチの大群がいなくなったメリットは絶大だった。
　スズメバチでも死にかねないのだから、コロナ禍で死亡リスクが下がったと感じた。

　それがオミクロン株の蔓延によって状況が変化した。いままでは知り

合いの知り合いぐらいの距離感の人が感染をしていたけど、オミクロンになって直接の知り合いも感染し、妻や息子の周囲でも感染者がでている。野犬の群れが街にでてきたような感覚だ。

　だからといって本気で感染症対策をするならば、そもそもぼくは妻と息子と一緒には住めない。外出も外食もできないし、生牡蠣だって食べられない。それを望むかと聞かれれば、ぼくは望まない。リスクをとって充実した生活というメリットを享受している。もちろんこれは人それぞれだろう。そしていまこう思っていても、いざ本当に新型コロナに感染をすれば前言撤回をしたくなるほど苦しむことになるだろう。

　それでも家族と一緒に笑いながらごはんを食べてきた時間は、苦しむ対価としてはお釣りがくるほど豊かなものだ。社会の変化にこちらが上手く対応をしていくことしかできない。いままで通り、コロナ禍前からしている感染症対策をするしかない。それでもこれはもう、遅かれ早かれの問題だ。

これは黒ひげの最後の一本の剣みたいなもん

　久々に体調を崩して心配をかけましたが、もう大丈夫です。
　コロナ禍になって「大事な家族に感染させないで守ろう。」みたいな言葉が流行ったけど、あれはもちろんその通りなんだろうけど、きみや優くんにとっては結構なプレッシャーというか、もしもきみたちからぼくが感染をして、それでぼくがぽっくりと死んじゃったら結構な呪いの言葉になるよね。

　きっとすんごい後悔するんじゃないかな。実際そういう人もいると思います。逆の立場で考えてみれば立ち直れないほど後悔をするような気

がする。だからね、気にしないでいいんですよ。いいじゃないですか、きみと優くんから感染をするなら。いいよっていうかもう仕方がないし、ぼくはもうそれを前提にしています。

逆の立場で考えてみてくださいよ、ぼくがきみと優くんから感染をして、もしも死んだとして、ぼくが後悔したり怒ると思いますか？　立ち直れないほどの後悔を望むと思いますか？

後悔なんかしてないでサラッと切り替えて、きみと優くんは人生をたのしんで生きてよ。ぼくは後悔をしないようにいまを生きています。だからいいのよ、本当に。命日に思い出し笑いするぐらいでいいじゃないですか。

ぼくが誰かと会ったり、どこかに旅にいって感染をしたとしてきみだって別に怒らないでしょう。これは黒ひげ危機一発の最後の一本の剣みたいなもんだよ。ゲームの趣旨とは違うけど最後の一本に意味はないよ。それまでにたくさん剣を刺してリスクをとって、充実した病人ライフを送っています。

こういうことって悲しみに暮れているときに第三者から言われても、耳には入らないだろうし、なんなら後悔を植えつけてくるようなホームラン級のアホもいると思うんです。だから事前に黒ひげ本人がはっきりと言っておくけど、いいのよ、きみと優くんから感染しちゃっても。

また書きます。

あとがき

悲しいときに写真を撮ることは
おすすめしません。撮った写真をみかえしたとき
悲しかった記憶を思い出してしまうからです。

写真というのは被写体を写しているようで、
撮影した本人だけが読み取れる、
撮影者の感情を写し込んでいるものです。

ぼくの経験上、写真にいちばん強く
写る感情が悲しさです。誰だって悲しいことは
つらいもので、書籍化にあたって過去の
写真をセレクトしていると、たのしかったことも
悲しかったことも思い出しました。

写真は感情を記憶する、本人にしか
読めない秘密の日記のようなものです。

手紙も写真とおなじで、書いたときの
感情が強く残ります。

手紙なので感情を文字にして直球で
相手に伝えてもいいかもしれないけど、
それが相手の負担にもなるかもしれないし、
映画を考察するように、読み解く余地が
あったほうがいいと思ってます。

手紙も写真も誰かになにかを伝えたいのだ、
感謝であったり、愛情であったり、
すごいことを知った驚きや、もしかしたら
不安感や孤独感なのかもしれません。

ぼくは君と優くんになにかを伝えたくて、
写真を撮って手紙を書いてきたのだと思います。
カメラと紙とえんぴつがあればできるので
とても簡単です。

だけど、伝えたいことをちゃんと伝えることは
とても難しいです。ちゃんと伝わったかどうか
わからないけど、とにかくぼくはあんがい
気楽に人生をたのしんでいます。

じゃあ、また書きます。

　　　　　　　　　　　幡野広志

ラブレター

著者　　幡野広志
　　　　はたの ひろし

2022年7月15日　第1刷発行
2023年2月　1日　第2刷発行

発行者　　大津山承子
発行所　　ネコノス合同会社
　　　　　〒154-0011
　　　　　東京都世田谷区上馬3-14-11
　　　　　電話　03-6804-6001
　　　　　FAX　03-6800-2150

装丁　　　吉田昌平（白い立体）

制作進行　小池花恵（and recipe）
　　　　　藤原章次（藤原印刷）

校正　　　牟田都子

印刷　　　藤原印刷株式会社
　　　　　有限会社日光堂

製本　　　加藤製本株式会社
　　　　　ISBN978-4-910710-04-4 C0095